山不转水不转

一个经济学家的
山河纪行

SHANBUZHUAN SHUIZHUAN
Yige Jingjixuejia de
Shanhe Jixing

徐滇庆 著

北京大学出版社
PEKING UNIVERSITY PRESS

图书在版编目(CIP)数据

山不转水转：一个经济学家的山河纪行 / 徐滇庆著．—北京：北京大学出版社，2015.8

ISBN 978-7-301-26142-2

Ⅰ.①山… Ⅱ.①徐… Ⅲ.①随笔－作品集－中国－当代 Ⅳ.①I267.1

中国版本图书馆 CIP 数据核字(2015)第 177670 号

书　　名	山不转水转：一个经济学家的山河纪行
著作责任者	徐滇庆　著
责任编辑	郝小楠
标准书号	ISBN 978-7-301-26142-2
出版发行	北京大学出版社
地　　址	北京市海淀区成府路 205 号　100871
网　　址	http://www.pup.cn
电子信箱	em@pup.com　QQ:552063295
新浪微博	@北京大学出版社　@北京大学出版社经管图书
电　　话	邮购部 62752015　发行部 62750672　编辑部 62752926
印 刷 者	北京大学印刷厂
经 销 者	新华书店
	787 毫米×1092 毫米　16 开本　14 印张　129 千字
	2015 年 8 月第 1 版　2015 年 8 月第 1 次印刷
定　　价	39.00 元

未经许可，不得以任何方式复制或抄袭本书之部分或全部内容。
版权所有，侵权必究
举报电话：010-62752024　电子信箱：fd@pup.pku.edu.cn
图书如有印装质量问题，请与出版部联系，电话 010-62756370

自　序

　　山不转，水转；水不转，风转；风不转，心转。

　　只要走得动，就出门转转。等到走不动的那天，就只能心转神游了。

　　近年来，如果我对一个经济学研究课题偶有心得，就舍不得丢掉。于是，一会儿研究农业发展和粮食储运，一会儿研究中国和印度发展战略比较，一会儿研究如何防范金融危机，一会儿研究民营银行制度建设，一会儿研究房地产和泡沫经济，一会儿研究中国和美国的贸易之争和汇率调整，等等。涉猎甚广，每年都要写不少论文，出一两本书。有人问，你不累吗？仔细想一想，干自己喜欢的事，好像并不累。十多年前我就被晋升为终身教授，捧上了铁饭碗，从此肩上没有了压力。不当官，不经商，用不着为五斗米折腰。不过，就是再忙也没忘了旅游。调查研究，开会讲课，四处走走，顺便玩了不少地方，有张有弛，自得其乐。如有所感，信笔涂鸦，积攒起来，不觉成书。

　　我的游记第一卷《徐滇庆游记：一个经济学家眼中的世界》在2006年由机械工业出版社出版。第二卷《万里山川万卷书：经济学家的另一种文化眼光》在2011年由陕西人民出版社出版。最近又写了十多篇，整理起来，权当第三卷。看过前两本游记的人说，经济学教授看山观水，角度与众不同，常有心得怪论。既然还有人愿意看，就交给出版社吧。北京大学出版社的郝小楠编辑建议此书取名《一个经济学家的山河纪行》，欣然采纳。

　　天下名山僧占多。其实，在名山之中道观也不少。佛教四大菩萨，文殊的道场在五台山，普贤的道场在峨眉山，地藏王的道场在九华山，观音菩萨的道场在普陀山。人称，金五台，银峨眉，铁九华，铜普陀。几年下来，我终于把四大道场都逛了一遍。"五台山记行"已经编进我的游记第一卷，加上其他三篇，算是功德圆满。

到了普陀山，我琢磨，为什么观音的人缘这么好，而文殊、普贤就少有人知？

到了九华山，我发现地藏王菩萨取得土地产权的过程尚待商榷。

到了武当山，我想，为什么一个和尚要从道教诸神中请出真武大帝来帮朱棣？道教的神仙谱遵循哪类产权结构？

到了采石矶，我感到非常惊讶，一个小小的地方竟有这么多的名人故事。同时也非常感慨，虞允文是抗金民族英雄，至今依然默默无闻。

在永乐宫，我欣赏到举世无双的壁画精品，同时不断思索，吕洞宾和八仙究竟是怎么出现的，代表了哪部分社会群体？

在内蒙古机场的纪念品柜台上，我看到成吉思汗和王昭君的画像，突然我联想到战争与和平。笑到最后的肯定是王昭君。

在临汾，我几度忍不住要找"华门"的设计者争论一番，可是回过头来，却又坚决地为他的创新精神辩护。

桃花岛，鹳雀楼，荆州，关帝庙，尧都，神农架……都从各个方面反映出中华文明。

"书到用时方恨少。"一动手，就知道自己学识浅薄。对许多历史、地理、哲学、宗教知识一知半解，似是而非。往往写了一小段，就兴致勃勃地看起书来。有的时候，一口气看了几天书才发现一个字都没写。不过，内心觉得很充实，很高兴。

我非常感激北京大学中国经济研究中心、北京师范大学国民核算研究院、清华大学研究生院、东北财经大学等院校的朋友们在这段时间内对我的支持和关照。我衷心感谢加拿大西安大略大学休伦学院经济系（Department of Economics, Huron College, University of Western Ontario）的同事们，如果不是他们分担了教学任务，我怎么可能如此逍遥地走来走去。

  我的夫人关克勤和我一起去了许多地方。文中有许多观点出自于她。她对本书的贡献绝对不能简单地用"感谢"二字表达。

  有人问，你花这么多时间写游记，为啥？没啥目的，就是好玩。去过一个地方，有点感想，不说出来，难受。其实，我写这些游记并没有花费很多时间。我常告诫自己，别活得太累，当个书呆子划不来。书房外面的世界很精彩，理应忙中偷闲，绝不放过游山玩水的机会。写游记不过是顺手牵羊。文字没有修饰，引用的典故、数据也没时间仔细推敲。好在不是严肃的学术著作。如果有朋友指出文中谬误，本人感谢不尽。

徐滇庆
2015年5月4日

目录

峨眉山记行	1
普陀山记行	11
九华山记行	26
乐山记行	43
武当山记行	60
永乐宫记行	78
荆州记行	95
关帝庙记行	113
神农架记行	130
鹳雀楼、普救寺记行	140
采石矶记行	156
内蒙古记行	174
尧都华门记行	194
桃花岛记行	211

峨眉山记行

二〇〇七年十月十四日

普贤之所以能够成为一个大菩萨，关键在于他发了十个大愿。发愿之后，按自己的发愿去修行，不放弃，不抛弃，持之以恒。如果没有正确的"愿"，修行就没有方向和目标。如果光是发愿，而没有实际行动，发愿只是一句空话。

峨眉山的名气

峨眉山的名气很大。

无数诗人墨客在这里留下了传世之作。李白说："蜀国多仙山，峨眉邈难匹。"

佛教说峨眉山就是佛经中的大光明山，普贤菩萨的道场。

地质学家说这里是地质科学大典。

生物学家说这里是物种的博物馆。

图1　峨眉山大门

1996年，峨眉山与乐山大佛被联合国列入世界自然与文化双重遗产。

只要有机会，峨眉山不能不去。

在给西南财经大学讲完课之后，2007年10月14日早8时，从成都出发，直奔峨眉山。同行者我的夫人关克勤，西南财经大学的倪教授和司机小刘。

峨眉山的高度

我们沿高速公路向东南疾驰，不到两个小时就看见了峨眉山大门牌坊。

小刘停下车来说："山上冷，租件大衣。"

我只看见牌坊旁一排卖羽绒服的小店，没有看见出租大衣的地方。

小刘笑着说："景区管理局垄断了大衣出租，不许民间经营。我们先买后退，不是租吗？管理局在山上出租一件羽绒服要收100元押金，租金10元。而且羽绒服又旧又脏。"

一件新的羽绒服在这里只卖50元。我说："管理局的利润够高的了，只要出租5次就可以收回成本。"

我太太纠正说："别看标价50元，肯定40元就可以买下来。四川东西特别便宜，在成都也就是这个价。"对于物价，她是无可辩驳的专家。

小刘给每个人都买了一件。老板娘很熟练地将衣服上的标签拆了下来，放进抽屉中，叮嘱道："别告诉别人啊！"

看来，许多常客早就和店主有不成文的约定，先交50元，把羽绒服买下来，下山时再退给店里，等于是租。一般来说，游客穿上几个小时，还很新，不注意根本看不出来。管理局想用手中的权力垄断市场，小商贩轻易绕了过去，上有政策，下有对策。

进了山门，汽车就开始爬坡。山脚处海拔400多公尺，主峰金顶3077公尺，相对高差2600多米，要徒步爬上去，壮小伙也得一天。在四大道场当中，五台山的北台有3058米，它的中心台怀镇海拔1000米左右。九华山在长江下游，最高峰海拔1300米。普陀山号称海天佛国，屹立在东海波涛之上。海拔高度就免谈了吧。五岳当中，华山最高，也只有2154米。在名山中，峨眉山雄居第一。如果再年轻十岁，我一定一步一个脚印，爬上金顶。如今，俗务繁忙，老胳膊老腿儿，心有余而力不足了。

从成都到峨眉山市有160公里，而从山脚下开到雷洞坪，弯弯绕绕，70公里。上升高度大约2000米。对于缺乏体力或时间的游人来说，倘若没有这条公路，恐怕只能在山脚下转转。对于多数游客，峨眉山景区可以分为两个部分，山上和山下。把中间非常精彩的部分留给不畏攀登的年轻人。

藏猴迎宾

汽车沿着山路盘旋而上，一条小溪欢唱着伴随身边。时而小雨拂面，时而钻进雾中。大家都担心，如果到了山顶，看不见峨眉山的壮观，岂不扫兴？峨眉山雨量充沛，植被茂盛，随着地势升高，车窗外的景色在逐渐变化。一开始时是芭蕉和茂密的竹林，然后是杉树、松树，最后是矮小的抗寒灌木。各色植被垂直分布在峨眉山上。不时在丛林深处，绝壁之旁看到一座座庙宇。真静。

在雷洞坪停车场上，大巴小车，几乎停满。我们随着人流，慢慢地沿着山路上行。路旁布满了小商小贩，出售各种峨眉山的土特产和各种纪念品。各个摊上的商品几乎一样，用得着摆那么多的摊子吗？

路旁有不少壮劳力，抬着滑竿兜生意。老倪问道："你要不要也坐上一段？"

抬滑竿的立即凑上来，大叔大爷的乱喊一气。我急忙加快脚步，连连摆手。我在华山已经体验过一次了。两个抬滑竿的人跟着我走了好几百米。我说："不坐，不坐，我有脚为什么不自己走？"我对坐滑竿心理有点障碍。

他们说："就算您照顾我们好不好？到现在还没开张，一分钱没挣着。当农民实在不容易。"

情急之余，我胡乱找了个理由："坐不得，我又高又大，太重。"他们说："没关系，您上来吧！"

我坐了上去，竹竿被压得嘎嘎直响："算了，还是让我下来吧。"

前后两个人都说："没关系，不重。我们抬惯了。"

又走了三十米，我觉得坐在滑竿上提心吊胆，毫无乐趣，便说："放我下来，钱照给！"

他们俩立即放下滑竿，齐说："你不早说。真重！"

这次，我不会再给自己找麻烦了。

山路弯弯，对面下来几个和尚。前面的人问他们："前面有猴吗？"

和尚说："有，刚来的。"

果然，几只猴子蹲在路旁的石栏上，伸手向游客们讨吃的。还有一只老猴，威风凛凛地蹲在不远的悬崖绝壁上。我太太想和猴子拍张照片。我刚拿出相机，两只小猴一跃，跳到她身上，吓得她赶紧跑开。猴子大概有点纳闷，不是要合影吗，我们连姿势还没摆好呢！

雾中白象

在接引殿登上缆车，直上卧云庵，高差510米。峨眉山的缆车比其他旅游点的大多了。和中巴大小差不多，可乘30多人。缆车越过七星坡，下面的峡谷，深不见底。假若没有缆车，翻这个坡绝非易事。以前，登顶考验着信徒的诚心。如今，转眼之间就上来了。

现代科学技术节省了人们的时间和精力，却很难培养和识别人们信仰的真诚度。

缆车穿越一缕缕云雾，我叫苦不迭，登顶之后还能看见什么？果然，下了缆车，四处一片白茫茫。老倪说："管他三七二十一，先吃饭，等一会儿再说。"

金顶大酒家里居然满座，还有不少人在排队等座。如今餐馆业竞争非常激烈，不管走到哪里，只要口袋里有钱，还怕吃不到饭？排队现象在成都、北京很少见到。可是，别忘记，这里是3000米高的金顶。游客没有多少选择，只得乖乖地排队等候。

从话音来分辨，就餐的好几桌游客是来自韩国的旅游团。年纪都不小，穿着整齐，满脸都是朝拜普贤大士的虔诚。

还是小刘有办法，他很快就找到了一张桌子，前面一拨刚站起来，我们就坐了下去，七手八脚地帮服务员收拾碗筷，擦净桌子。

服务员上来问："喝雪芽吗？"

老倪回答："这个自然，上壶好的。"

他解释说峨眉雪芽是当地特产，陆游诗曰："雪芽近自峨眉得，不减红囊顾渚春。"我经常喝茶，却对茶叶的品质一窍不通。不管朋友们送给我多好的茶叶，只会牛饮，白白糟蹋了许多名茶。如今来到峨眉山巅，且坐下来细细品尝。峨眉雪芽确实不错，喝在口中，满嘴清香。我记不得龙井、碧螺春有什么特点，没有比较就不能识别，没资格评论峨眉雪芽好在哪里。喝了半天，在茶艺上还是没有长进。

我们几个慢慢品茶，盼着外边大雾散去。等来等去，不耐烦了，还是出去看吧。

金顶观景台，长宽约1200米。台阶两旁是一对驮着宝瓶的白象，平台上还有一只又一只形态不一的白象。普贤菩萨的坐骑是六牙白象，是普贤菩萨愿行广大，功德圆满的象征。在接引殿附近有个洗象池，据说普贤菩萨在这里汲水洗象之后才登上金顶。

图2 普贤菩萨的白象

普贤发愿

通常我在出门旅游之前先看点资料,做好作业,这样一来才玩得痛快。普贤菩萨和文殊菩萨是如来佛的胁侍,也就是助手或学生。在佛寺中,有的时候在佛陀释迦牟尼前面站着迦叶和阿难二弟子,有的时候站着文殊和普贤二侍者。从塑像来看,普贤、文殊和观音三位菩萨除了手中的法器和坐骑之外区别很小。文殊骑青狮,普贤乘白象,观音踏莲花。

普贤菩萨专司理德。佛经《大日经疏》云:"普贤菩萨者,普是遍一切处,贤是最妙善义,谓菩提心所起愿行,遍一切处,纯一妙善,备具众德,故以为名。"《大乘经》说:"入山求道,饥寒病疠,枯坐蒲团,是曰普贤;普贤者,苦行也。"

佛经中有部《华严经》,是一部非常重要的经典,被称为经中之王。《华严经》有三个不同的译本。最早的版本出现在东晋,印度高僧佛陀跋陀罗带来了《华严经》的梵本,译成60卷,题名《大方广佛华严经》,又称"晋译华严"。到了唐代,武则天亲自主持了翻译,题名《大方广佛华严经》,共80卷。唐贞元年间,印度和尚般若重新翻译《华严经》，共40卷，称"四十华严"。《华严经》的最后一章是《普贤行愿品》。世人所知的普贤事迹多半来自这里。普贤之所以能够成为一个大菩萨，关键在于他发了十个大愿："一者礼敬诸佛，二者称赞如来，三者广修供养，四者忏悔业障，五者随喜功德，六者请转法轮，七者请佛住世，八者常随佛学，九者恒顺众生，十者普皆回向。"普贤菩萨发愿以后，按自己的发愿去修行，不放弃，不抛弃，持之以恒，所以叫作普贤行愿。《普贤行愿品》中讲的就是"愿"和"行"。如果没有正确的"愿"，修行就没有方向和目标。如果光是发愿，而没有实际行动，发愿只是一句空话。普贤发的是大愿，一般人发不了那么大的愿，可也不能把自己的目标设得太低。好比爬山，如果目标只有500米高，爬上去之后就只好原地不动了，弄得不好还可能滑下来。如果把目标定为3000公尺，可能爬得很辛苦。即使只爬一半，也有1500米。到峨眉山来朝拜普贤大士之后，要把自己的人生目标调整好，一旦确定了目标，坚持不懈地努力下去。

峨眉金顶

在金顶上，金殿、铜殿和银殿环拱着普贤佛像，金碧辉煌，气象万千。银殿叫作卧云庵，屋顶用锡瓦所盖，银光四射。铜殿是华藏寺的大雄宝殿。殿内供奉"华严三圣"。金殿是普贤殿，位置最高，重檐歇山，雄伟壮观。殿中的普贤菩萨铜像有5米多高。到此方才点明主题——峨眉山是普贤菩萨的道场。

在3000多米的高度上，有如此壮观的建筑，堪称世界之最。金顶建筑始于1603年，在1891年以后，5次被焚，屡毁屡建。在1972年，再度毁于大火，鎏金宝顶不复存在。国家多难，金顶多灾。恰逢中华民族千年不遇的盛世，1986年四川省政府拨款重建华藏寺，数年后，于1992年举办了开光法会。峨眉山见证沧桑剧变，亦当感慨万千。

普贤铜像四面十方，高48米，代表阿弥陀佛的48大愿。"十方"意喻普贤的十大行愿，也象征佛教中的东、南、西、北、东南、西南、东北、西北、上、下十个方位。佛像有十个头像，分放在三层，无论从哪个角度都可以看到普贤的面孔。可惜，白雾朦胧，照相的效果很差。金顶四周的树枝上都是洁白如玉的冰挂。在普贤菩萨铜像上也结了一层冰。我正仰望着菩萨，突然，哗啦一声，落下来几块冰。我虔诚地说，这是菩萨所赐，拾来放进口中。同伴们也纷纷捡些冰块吞了下去。

在金顶有金刚嘴、舍身岩、睹光台、修心台等景观。舍身岩，绝壁万仞，由于有云雾，根本就望不见底，反而减少了因巨大落差而产生的眩晕感。听说常有人从这里纵身而下。峨眉山管理局还专门请个警察看着，不让游客在这里寻短见。

金顶门前有副楹联很好："绝顶俯晴空，洞观云海千层，大地苍茫开眼界；佛光传胜景，指点雪山万仞，长天淡荡豁胸襟。"

从金顶下来，一阵长风从九天吹来，云散处，峻峭的悬崖绝壁如同一幅山水画挂在面前。群山扑俯在脚下，群山之下又是云海。往上看是雾，往下看是云。转过几个弯，突然在上下两层云雾之间看见一条光带。众人惊呼，莫不是佛光？

报国寺中谈报国

不知道汽车绕过多少道弯，来到山脚下的报国寺。

报国寺的山门独树一帜，在巨大的岩石上大书"峨眉山"三个大字。四周草木茂盛，郁郁葱葱。绕过巨石，穿林过溪，方才见到报国寺的正门。

报国寺原名会宗堂。开山祖师自号明光道人。和尚和道士，宗教不同，他却两种身份兼而有之。这位老兄主张三教会宗，儒释道合一。在明朝万历年间（1615年）当四川巡抚和县令来峨眉山时，明光道人躺在路上，强行募捐。他振振有词：峨眉山是普贤道场，佛教圣地。太上老君的化身广成子曾在峨眉山修炼，道教祖庭。在1500多年前儒家名士陆通，号称楚狂，在峨眉山隐居。峨眉山包容三教，理应有寺，兼供普贤、广成子和陆通的牌位。果然官员们被他说服，筹款兴建了会宗堂。

报国寺的山门上大书"报国寺"三个大字，据说是康熙皇帝的亲笔，字写得很有气势。他是否来过峨眉山？好像没来过。如果康熙来过峨眉山，清史上一定有记载，不妨查一查。按照惯例，所到之处他往往题字，并且修一个御碑亭。在报国寺前后好像没有看见这类碑亭。

图3　报国寺前

其实，三教合一的思路有些道理。在中国，儒释道之间的冲突并不十分激烈，反过来，提倡三教合一的人也不多。三教合一是否代表着历史发展趋势？如果有这个趋势的话，报国寺的宗教地位没准还会更上一层楼。如今，报国寺中只有和尚，没有道人。在和尚当中读书人不少，但是通晓儒家的却不知有几？

报国寺依山傍水，林木葱茏，四重殿宇，规模宏大。最值得赞叹的是庭院式建筑不拘一格，超脱了一般佛教寺庙的框架，显得格外灵活多样。

报国寺的主轴线上有弥勒殿、大雄殿、七佛殿、普贤殿、藏经楼。依山就势，层次分明。各殿之间穿插着亭阁花园，丹桂竹林，在对称中富有变化。在宁静中孕育着动感。一群建筑庄严肃穆，却又生动活泼，和峨眉山的山水交融一体，难怪人们会称赞峨眉天下秀。如今修了不少庙宇，好像千篇一律，大同小异，似乎稍有变动就不正规了。仔细一看就让人心烦，无论如何贴金描红，依然透露出来一股媚俗的铜臭气。摹仿抄袭是最简单的，而创新却要动脑筋，要有智慧和魄力。据说，报国寺的建筑师就是庙里的和尚，真不简单。

出报国寺大门仅数百米就是灵秀温泉宾馆。建筑典雅，其中有很少见的高品位氡水温泉。洗罢温泉之后，遥望峨眉，一阵风从金顶吹来，竹叶裟裟，仿佛仙境。

普陀山记行

二〇〇八年五月十七日

如果要老百姓投票的话,在所有的神佛当中,观音菩萨的得票率肯定最高。

四大菩萨,四大道场

如果说美国是个大拼盘,中国就是个大熔炉。不管什么民族进入中国,时间久了,就给同化了。恐怕宗教也是这样。佛教一进中国就被改造、同化。不管远在印度的祖师爷愿意不愿意,中国人按照自己的想象和喜好重新安排了神仙世界。

如来佛至高无上,这一点不容动摇,否则就不是佛教了。

仅次于佛祖的是四大菩萨。据说,开始的时候只安排了文殊、普贤和观音。因为中国人喜欢成双成对,美女要选四大美女,发明要选四大发明,于是将地藏王菩萨补了进来。反正又不要菩萨投票,是否单数并不重要。他们各有道场,分别在五台山、峨眉山、普陀山和九华山,号称"金五台"、"银峨眉"、"铜普陀"、"铁九华"。除了"董事长"佛祖远在印度的灵鹫峰之外,实力派的总部全搬到中国来了。有了四大菩萨之后,佛教在中国才实现了本土化。

四大道场,我去过了三个,却总和普陀山错失交臂。2006年夏天,原打算在上海开完会之后就去普陀山,没料到来了一股热浪,气温超过38度。约好同去的朋友纷纷打退堂鼓。宁波的朋友说,非常欢迎您来讲课,可是却不敢送您去逛普陀山。大热天的,万一中暑如何是好？其实，我并不怕天热，信徒们朝拜观音，跋山涉水，千辛万苦，不远万里，热点怕什么。不过让众人一说，生怕给别人添麻烦，只好修改计划，另找机会

2008年5月16日，北京大学中国经济研究中心金融班邀请我去浙江舟山讲课。天赐良机，二话不说，立即答应。讲完课后，马上朝拜普陀山。

图1　普陀山的山门

无论前门或后门，心诚则灵

去普陀山的交通非常方便，从宁波出发，有多班客轮往返。还有客轮从上海来，上船之后睡一觉就到了普陀山。最近宁波的跨海大桥通车了，从上海开车过来也很方便。我们的讲学班就在定海岛上，主办方很热心，专门派游艇"爱琴海"将我们送上普陀山。

码头上人山人海，每天登岛朝拜的有3万余人，节假日会突破5万。

登岸之后，一转眼，陪同我们的小李就不见了。隔不一会儿，他手里拿着一叠特许门票跑了回来。他笑着说："阿弥陀佛！优待施主。"不用问，他们公司是普陀山的"大施主"。

小李将我们领上普陀山管委会的小巴，径直向山上开去。小巴

在丛林中转来转去，停在普济寺的后门。石门上刻着"灵鹫幽境"。环境十分幽静。灵鹫峰是如来佛住的地方，也许从普济寺的后门进去，离佛祖更近？同行的人有点诧异，怎么拜观音还要走后门？小李解释说，前门停车不便，要步行好长一段路，他特别强调，只有管委会的车才能停在后门。

有位朋友担心走后门对菩萨不敬，我说："心诚则灵，不在于走哪个门。"

为了表示对观音菩萨的崇敬，我们决定还是从前面的山门开始朝拜。大家从寺后小路拾阶而下，穿过后花园、方丈室、藏经阁、灵鹫楼，融入朝拜进香的人流之中。

图2　后门直通灵鹫幽境

为何观音不肯去？

在佛教《华严经》中记载有"观自在菩萨至普陀洛伽山"一说，这是普陀山成为观音道场的根据。普济寺是观音道场的主刹。初创于后梁贞明二年（916年），原名"不肯去观音院"。

在《普陀山志》中记录了这样一个故事。日本僧人慧锷从五台山偷了一尊观音像，打算运回日本去。他的船驶到舟山海面时，海面涌现无数铁莲花，堵塞了航道。一连三天三夜。慧锷心知不妙，连忙跪在观音像前忏悔，船立即飘到潮音洞旁停下。慧锷在此修筑"不肯去观音院"，成为普陀山开山祖师。

观音菩萨救苦救难，普度众生。她从西方来到中国，做了数不清的善事，当然也愿意跨海去日本传道。在慧锷之前，鉴真大师于742年从扬州启程东渡，曾经被大风吹到舟山和海南，先后六次，历尽风险苦难，最终于753年登上日本，成为日本律宗初祖。他去日本弘扬佛法，肯定带去了观音宝像，菩萨并没有怪罪，更没有刁难。为什么菩萨不让慧锷带走观音像？毛病就在慧锷身上。

在鉴真和尚之后150多年，日本肯定已经有了许多观音菩萨像，慧锷羡慕五台山的观音像，并没有错，错在不该偷。好说好商量，何必当个梁上君子？

日本和中国一衣带水，理应友好相处。偏偏有些人喜欢狗盗鼠窃，弄得大家不愉快。明代戚继光打的倭寇就是日本海盗。近代史上日本军国主义多次侵略中国，烧杀抢掠，犯下滔天罪行。如今还有些日本人闭眼不承认史实。他们真的应当来普陀山拜拜慧锷。固然慧锷偷了五台山的观音像不对，可是人家能够知错就改，立地成佛。如果错了还不认错，天道报应，迟早。

普济寺的御碑

作为观音道场，普济寺具有鲜明的女性特征。取代前门广场的是池塘、小桥和古色古香的"定香亭"。

这个池塘可不简单，号称"莲花池"，学名"海印池"，比喻观音大士所证之理，如同海印一样放光。由于观音脚踏莲花，在普陀山，莲花格外神圣。山路石板上刻着莲花，连普陀山周边海域也叫作"莲花洋"。普陀十景，其中"莲池夜月"就在这里。我们来时，晴日当空，反正在白天也看不见月亮，池塘中喷泉涌如莲花，别有一番景致。到了夜晚，停了喷泉，再观赏夜月不迟。

普济寺正门不开开侧门，哪家闺阁让人直进直出？尽管如此，仍然挡不住川流不息的朝拜者。

在普济寺中轴线上，御碑亭冲锋在前。方丈很聪明，突出了御碑亭，也就是突出了普济寺。并不是所有的庙宇都跟皇室有关系，能够拿皇上的钱来修庙的更是屈指可数。别的寺庙如果有一块御碑就不得了，普济寺有三块。第一块立于明朝万历三十五年，第二块康熙四十三年，第三块雍正九年。三块御碑对照起来看，还挺有意思。

万历皇帝是个庸才。碑文平淡枯燥。即便如此也未必出自万历自己的手笔。昏君下面，大多废物。他在碑文中说，皇太后信观音，叫他带头捐钱，然后官员们跟着捐，说了一堆空话、废话。

康熙皇帝的碑文大不相同。康熙说："稽考梵书，补陀洛迦山，有三。"康熙在写作之前还查阅了外文文献，指出一共有三座普陀山，点明这个是南海上的普陀山。康熙肯读书，有学者风范。

碑文记述，康熙二十二年"荡平台湾，海波永息"，然后开放海禁，僧人重建普陀山。他很坦荡地承认"朕自弱龄，诵读经史，以修齐治平为本，未暇览金经贝叶，空寂泡影之文，所以不能窥其堂奥"。康熙毫无掩饰，坦承自己对佛法欠缺研究。只有那些有大学问的人才敢于承认自己知识还不完整，保持谦虚谨慎的态度。

为什么要捐款修普陀山呢？他在碑文中说："上天好生，化育万汇，大士慈悲，度尽众生，亦无二也。朕求治勤民，四十余载矣，今者，兵革已销，而民生未臻康阜。梗顽虽化，而民情未尽淳良。皆因水旱靡常，丰歉各异，此朕癏瘝挚挚不能释也。以大士之力，庶几慈云法雨，甘露祥风，使岁埝人安，万姓仁寿。是朕之心也夫。"

康熙哪里是在求神拜佛？他纯粹是在和观音商量着办事。由于有的地方闹水灾，有的地方闹旱灾，老百姓不得安生，我给你修庙，你帮我耕云播雨，让老百姓风调雨顺，过上好日子。行不？康熙真厉害。

雍正也算是一个颇有成就的皇帝。在他的碑文中歌颂了观音,将佛法比作无边的大海。词藻虽然华丽,但是缺乏内涵。和他老子相比,相差悬殊。清代各帝,从乾隆以后,一代不如一代。也许是历史必然趋势吧。

观音与六根

过御碑殿,穿天王殿,抬头便是巍峨的圆通宝殿。

大殿重檐歇山顶,是古建筑中的最高规格,上覆黄琉璃瓦。在封建帝王时代,如果没有皇上的特许,一般人是不敢用黄琉璃瓦的。圆通宝殿不仅用了黄琉璃瓦,大匾还是康熙皇上的御笔,那两笔字写得真不错。

在佛教的专业用语中,圆,为无偏缺,通,为无障碍。观音称"圆通大士"。只有观音的主殿才能称为圆通宝殿。8.8米高的观音像端坐正中。如来佛毫不介意,安然陪坐在侧后,颇具民主作风。显然,只有观音道场才有如此布局。

在佛经中观音有三十三种应像。在圆通宝殿上一边排列十六个应身像,左右对称,加在一起,三十二个,怎么少一个?我忽然觉悟,如果算上正中的大菩萨,不是刚好三十三?

观音有大神力,为了济度众生,经常随机应变,以各种面貌出现。佛经上说观音有三圣身、六天身、五人身、四众身、众妇身、二童身、天龙八部身等等。不知道庙里的和尚有几个人能背得下来,反正我看完就忘了。这似乎并不要紧,只要记住一个简单的原则:对面来个人,别管他是达官贵人,还是乞丐凡夫,说不定就是观音化身。千万不要歧视穷人,不要歧视妇女,更不要搞什么种族歧视。

普济寺前人山人海,善男信女们争先恐后将香插进香炉,摩肩接踵,香烟缭绕,甚为壮观。在殿前只要有一个磕头的人站起来,马上有人跪拜下去。

小李是这里的常客，他笑道："这么多的人祈祷，观音菩萨听谁的好？"

我突然想起在一本书上讲过观音这个名称的由来。观指的是视觉，怎么能用眼睛来接收声音信息？

眼、耳、鼻、舌、身是人们接受外部信息的主要途径。鼻子接受的信息是嗅觉，气味传递的距离有限，如果没有风，传递速度比较慢。舌头接受的是味道，不吃一口，亲自尝一尝，怎么知道酸甜苦辣？如果不是零距离接触，根本就谈不上触觉。由于距离和速度的限制，鼻、舌、身接受信息、识别信息的能力受到很大制约。从接收信息的空间距离来看，眼和耳的功能超过鼻、舌、身。用不着走得太近，就能够看得见，听得见，从而获得信息。人们得到外界信息的主要来源是用眼睛看，用耳朵听。上学的时候，听老师讲，看黑板和教科书，从中学到知识，很少使用其他三个功能。

由于人体功能的局限，能够看和听的距离有限，于是，人们希望通过"千里眼"、"顺风耳"来扩大接受信息的范围。声波和光波，截然分开。无论望远镜、声纳设备如何先进，却不能互换功能。即使是最高级的天文望远镜也不能用来接受声波信息。

相对应于声波和光波，人类的语言可以分为两大体系。在传播交换信息时，一个系统通过图像，另一个通过声音。通过图像传播的是象形文字，例如，具有象形文字特征的中文。英文、法文、俄文等通过声音接受信息。众所周知，耳朵辨别信号的能力有限，而通过图像可以识别很多的信息。你一眼就可以看清一个图像，可是，让你用语言描述出来，绝非易事。另外，图像传递不需要时间，看一眼就行。传递声音信息就慢多了，说快了对方听不懂。

中文的好处是通过一个方块字可以传递很多信息，而英文的好处是只用26个字母可以描绘出不同的声音。英文好学，中文就难多了。就是学会了3000个方块字，写篇短文也未必够用。

《妙法莲华经》中说："闻是观世音菩萨，一心称名，观世音菩萨即时观其音声，皆得解脱。"也就是说，一切遇难的人只要一心念观音菩萨，观音就会及时前来相救。观音可以看一眼就听到声音，打破了光波和声波传递信息的界限。

一般人只有眼、耳、鼻、舌、身。佛教再加上"意"，称为"六根"。眼根能识色，耳根能听音，鼻根能嗅香，舌根能尝味，身根能触觉，意根能思维。六根就是生死之根。佛经说，如果能够达到六根清净的境界，不仅可以让六根的功能突飞猛进，还能六根互用。任何一个功能都能取代其他。例如，用眼睛看的时候就可以听、嗅、尝、触。《涅槃经》中说："如来一根则能见色、闻声、嗅香、别味、知法。一根现尔，余根亦然。"这部佛经记载了一些具有特异功能的菩萨，他们有的无目而见，有的无耳而听，可是，他们的本事都远远不如观音。人世间存在的认知障碍，到了观音那里统统不存在。观音可了不得，她一眼看过去，不仅能够得到图像信息还能同时收到声音信息。几乎不需要时间就能将信息全部囊括起来。难怪观音菩萨能够担负起随叫随到、救苦救难的大任。

普陀山成功的诀窍

五台山资格老，历史最久。峨眉山在四川，早先是道教圣地，后来才慢慢地变成了普贤菩萨的道场。九华山靠朝鲜王子金乔觉来此驻锡，才成为地藏王菩萨的道场。普陀山开山祖师是慧锷。金乔觉生活在唐玄宗开元年间(713—740年)。慧锷生活的时间有两种说法，一说在唐懿宗年间（863年），还有一说是在后梁年间（907—923年）。无论采用哪种说法，普陀山的历史比九华山短，更短于五台山和峨眉山。

可是，普陀山后来居上，在许多方面比其他名山有过之无不及。

小岛面积不大，却拥有普济、法雨、慧济三大寺，八十八所庵院，号称"海天佛国"。

普陀山之所以成功大概有三方面的原因。

第一，善于筹款，特别是敲皇帝的竹杠。只要和皇室保持良好的互动关系，和地方官员自然比较容易相处。

第二，有文化，有名人，在学术上站得住脚。这是和高层搞好关系的必要条件。

第三，能够选好接班人，一代一代传下去。

普陀山的主持和尚很善于经营。他们筹款的主要目标集中在皇帝身上。

史书记载，普陀山在宋、元、明、清各朝都得到皇室大力赞助。

北宋年间，真歇大师将普陀山的佛教定位于禅宗，得到宋哲宗和宋高宗的赞赏。真歇能够直接向皇太后化缘。

1333年，元朝的宣让王捐"钞千锭"给普陀山的宝陀寺。

明朝万历三年（1575年），普陀山主持大智融得到万历皇帝的皇太后金币香幡，并且出钱建塔。

万历二十七年，明神宗派太监赵永、曹奉来普陀山，送《大藏经》678函，《华严经》一部，金佛像一尊。万历二十九年一场大火烧毁了藏经阁。第二年明神宗派太监张随来普陀山，送来金银和佛经。他在岛上八年，帮助修复寺庙。

1689年，康熙南巡，送给普陀山帑金千两，建造寺院。

1691年（康熙三十年）别庵性统重建普陀山，和硕裕亲王送戒衣、袈裟等。请别庵大师为皇上设坛传戒，祝福延寿。别庵大师和皇上诗文往来，皇亲国戚敢不巴结，普陀山财源自然不成问题。

1699年，康熙皇帝一高兴将明朝皇室建筑的南京故宫的黄琉璃瓦12万赏给了普陀山。

雍正九年，朝廷赐帑金七万两，修筑前、后二寺庙宇。并且派前江苏巡抚、户部侍郎前来监工。看起来皇上给的资金不少，可是工程浩大，难免捉襟见肘。主持施工的官员们正在为难，住持和尚梦兰源善不慌不忙，有了皇家的钱打底还怕化不到缘吗？工程持续三年，普济寺和法雨寺"规模之大甲于江南"。

天下寺庙很多，能够从皇上口袋里掏钱出来的不多，无论怎么改朝换代都能够从皇上那儿化缘的就更稀奇了。化缘本领超过普陀山方丈的恐怕没有几个。

普陀山长盛不衰的另一个原因是住持方丈往往是著名学者，在丛林中地位显赫。

《五灯会元》的作者是普陀山的和尚大川普济。

元代，普陀山大和尚一山一宁，著作等身。他去日本之后被日本天皇尊称为国师。

明初，普陀山孚中怀信大师为朱元璋讲经说法，著有《五会语录》。

清朝，别庵性统法师著有《续灯正统》《径山录》《奏对录》等。

潮音通旭主持普济寺，著有《潮音通旭师随录》。

光绪年间，普陀山出了个著名画家竹禅。

民国时，净土宗十三代祖师印光在普陀山讲经，弘一大师赶到普陀山来拜印光为师。

有些寺庙盛极一时，可是却盛不过三代，很快就被其他寺庙超越。普陀山很注意培养接班人，高僧辈出，后继有人。

例如，潮音大师圆寂后，传给古心，再传自修，再传绎堂心明。绎堂心明的几个徒弟本事都很大，震六源法，中赞源善，梦兰源山接连主持普陀山，干得都不错。之所以普陀山总有能人接班，恐怕和学术环境有关。"忠厚传家久，诗书继世长"，普陀山注意挑选那些肯读书的和尚，培养他们继承法嗣，在学术传承的同时增强寺庙的影响力。

潮音洞上看石碑

　　潮音洞其实是海边的一条巨大的岩石裂缝，或有20多米高。海水涌入，发出阵阵轰鸣。游客纷纷将硬币投向岩壁上的一个小平台，绝大部分都滚落洞底。探头向下望去。好家伙，一个人在下面提着一个塑料袋，从水中摸出来一把又一把硬币。也不知道他是从哪儿爬下去的。

　　凡是名胜古迹中的地形险要之处往往被人选来自杀升天。好比说，峨眉山的舍身崖，美国金门大桥，每年都有人从这里跳下去寻死。当局不得不派些警察守在那里，屡禁不止，不堪骚扰。潮音洞的麻烦更多，不仅有人在参拜观音之后，舍身跳下去，还有的人用手指沾油，点燃起来，表示对观音的崇敬和信仰。峨眉山的舍身崖有几百米高，往下一跳，肯定摔死，连影子都找不到。对于峨眉金顶寺庙中的和尚来说，倒还省事，多念几句阿弥陀佛罢了。潮音洞只有二十来米高，下面还是水，跳下去未必送命，倘若摔个半死，哀号不断，庙里的和尚、尼姑焉能不管？如果坐在山门前燃指就更危险了。烧个血肉模糊，庙里还要开个烧伤外科。万一引起火灾，烧毁寺庙，可不是好玩的。

　　在潮音洞前立有一块石碑，上书六个大字——"禁止舍身燃指"。

　　碑文非常通俗易懂。"观音慈悲，现身说法，是为救苦救难。岂肯要人舍身燃指，今皈依佛教者信心修众，善行自然圆满，若舍身燃指有污禅林反有罪过，为此立碑示谕，倘有愚媪村氓敢于潮音洞舍身燃指者，住持僧即禁阻，如有故犯，定行缉究。"

　　立这块碑的是定海总镇都督李分。

　　这块碑的逻辑很清楚。先是说理，要修身养性，多做善事，并不一定要在形式上走极端。立碑的官员把那些跳崖自残的称为"愚媪村氓"，说白一点，一帮傻帽，一点都不客气。官府委托庙里的和尚管管，如果不听的话，还要缉拿追究。李分是个好人，不仅有同情心，头脑也相当冷静，否则，好官我自为之，何必管这些闲事？

图3　禁止舍身燃指碑

联系群众，关心民众疾苦

在北京住的时候，出家门不远就是紫竹院，却从来没有见过紫色的竹子。普陀山的紫竹林，名不虚传，好大一片，全是紫色的竹子。果然紫竹和观音菩萨有缘。

穿过紫竹林，山路上刻着朵朵莲花，渐行渐高。两旁林木茂密，好似行走在山荫道上。突然之间，眼前一亮，面前的广场很大，很开阔。在三层汉白玉台阶之上，观音菩萨正在慈悲地俯视着我们。

礼佛广场正中有四柱三门石牌坊，两旁一对九龙石柱，雕刻甚为精美。在普通寺庙中四大天王相对而立，在这里他们排成一列，欢迎来宾。观音菩萨身高十八米，左手托法轮，右手施无畏印，让世人心安，无所畏惧。

在一般庙宇中顶多放上三五个蒲团，方便信众跪拜。可是，在南海观音铜像前，一排放了十几个木盒。前面的人在磕头，后面还站着几个人排队接班。拜佛的人口中念念有词，相信观音菩萨不仅看到了，还直接听到了。

观音铜像后面有幅巨大的浮雕，观音菩萨端坐在莲花宝座上，金童玉女随侍两侧。踏着滚滚波涛和祥云，万方神仙齐来朝拜。文殊骑着白象，普贤骑着青狮也赶来聚会。虽说在佛教经典中，文殊、普贤排名在观音之前，但是来到普陀山，他们二位分坐两旁，请观音位居正中，毕竟是观音道场，这点谦让还是有的。

浮雕形象生动，栩栩如生，近年来很少见到如此精致的艺术品。

佛教分为大乘和小乘两大部分。小乘是早期佛教，注重个人修行，关注解放自己。大乘则以解放全人类作为奋斗目标。只有解放全人类才能最终解放自己。用佛学的话来说："先有超脱世间的大觉悟，而后以护念众生的大慈悲，施以适应世间度生的大方便。"

观音菩萨属于大乘，她立下宏大志愿，要救度一切众生脱离苦海。

图4　观音菩萨佛佑奥运

人常说，观音代表大慈大悲。"无缘大慈，同体大悲。""无缘"就是无条件地帮助别人，"慈"就是给别人送去快乐。"同体"就是把自己与众生看作一个整体，"悲"就是解除痛苦。慈悲就是善解人意，对别人的苦难感同身受，伸出援手。不仅自己觉悟，还要引领别人觉悟。佛经说，如果能够时时持有慈悲之心，你就成了菩萨。

一般来说，佛祖高高在上，只有菩萨才常常来到人间。在四大菩萨当中，文殊、普贤只是偶然光临。文殊管智慧，普贤管道德，要他们解决的矛盾好像不多。地藏王菩萨只管阴间。活人看不见他，若见到他时，恐怕已经断气了。唯独观音经常深入群众，关心老百姓的疾苦，群众关系最好。

《聊斋志异》的作者蒲松龄说："故佛道中惟观自在（观音），仙道中惟纯阳子（吕洞宾），神道中惟伏魔帝（关公），此三圣愿力宏大，欲普度三千世界，拔尽一切苦恼，以是故祥云宝马，常杂处人间，与人最近。"

在三圣当中，观音和吕洞宾经常乔装打扮，化妆成普通百姓，微服私访。观音的变化最多，有三十三种。如果对面过来一个皇帝、大官，或者过来一个乞丐、妓女。他们没准都是观音化身，特地来考验你的。吕洞宾也常常化成流浪汉在世间行走。从来没听说过关老爷改过行装。关老爷太傲气了，永远是绿战袍，枣红马，威风凛凛。因此，关老爷巡行时只能站在云间，和平民百姓多少有点距离。

虽然三圣都是多面手，愿力宏大，但是各自的选民基础并不完全重合。

吕洞宾的拥护者是基层知识分子，市井平民。

关公的拥护者集中在商界、军政界、贩夫走卒、三教九流。

观音的人缘最好，无论士农工商，男女老幼，贫富贵贱，观音一视同仁，一律关照。占人口一半的妇女绝对拥护观音菩萨。如果让一个妇女拜吕洞宾，她会觉得很不自在。舞台上"吕洞宾三戏白牡丹"还没开演，老太太生怕污染，赶紧叫小媳妇、大姑娘退场，对这位神仙敬而远之。有关观音的戏文并不多，远远不如关公戏和八仙戏那么热闹，但是观音的形象却始终非常得体，文雅、庄重，神通广大，无所不能，救苦救难。

此外，观音手里经常拿着净瓶和杨柳，很注重环境保护。

如果要老百姓投票的话，在所有的神佛当中，观音菩萨的得票率肯定最高。

九华山记行
二〇〇五年七月十八日

金乔觉来自于外国,跑到九华山来,人生地不熟,要创业,谈何容易?他能成功,必有其过人之处。

文化与山水

九华山在安徽青阳县境内。

李白诗曰:"昔在九江上,遥望九华峰。天河挂绿水,秀出九芙蓉。"据说,九华山得名就来自于诗仙的赞誉。

王安石称赞她"楚越千万山,雄奇此山兼"。

平心而论,九华山的风景比不上近在咫尺的黄山。然而,历史上文人墨客赞颂九华山的诗句远远多于黄山。究其原因,九华山有文化。

有的旅游杂志说,人的一生必须要去60个地方。我不知道评选的根据是什么。人世间风景秀丽的地方极多。情人眼中出西施,燕瘦环肥,各有所好。人人都说家乡好,其中包含着自己的感情在内。我去过美国的大峡谷,加拿大的落矶山,著名的尼亚加拉大瀑布就离我住的地方不远。我被这些景色震撼、陶醉之余却不知道该说些什么。没有历史,没有哲理,甚至连故事也没有。

山不在高,有仙则灵。人常说,天下名山僧占多。有僧有道,必拜神仙、菩萨。"南朝四百八十寺,多少楼台烟雨中。"一般的寺庙也许会随着岁月流逝而湮灭,九华山是地藏王菩萨道场,四大菩萨不变,四大道场也不变。金五台、银菩陀、铜峨眉、铁九华。九华山最富有哲理。走一回九华山，就是在哲学和历史中畅游了一回。就凭这一点，九华山不可不去。

飞车直上九华山

我的母校华中科技大学的经济学院院长徐长生教授来电，邀请我和院里的教职员工一起去九华山，既可以游山玩水，又可以和同事们交流切磋，何乐而不为。我不顾腰伤尚未痊愈，欣然答允。

唐代大诗人刘禹锡在游过九华山之后写道："惜其地偏且远，不为世人所称。""九华山，九华山，自是造化一尤物，焉能籍甚乎人间。"由此可见，唐代之前，九华山交通不便，久藏深山人未识。

如今去九华山非常便捷。2005年7月18日，我们一行四十余人分乘二台大巴，从武昌出发，沿江而下。跨越黄石大桥，来到江北。新修的高速公路质量很好，一路疾驰，中午时分已经到了安庆。想当年，我曾经多次乘船来往于武汉和南京，从安庆到武汉几乎要一天一夜，远得不得了。是科学进步了还是地球变小了？

在安庆午餐之后再度跨越长江，回到江南。经贵池，进入皖南山区之后，景色迥异。沿途正在修路，甚为颠簸，好在车外青山滴翠，溪水清澈，佳色可餐，倒也并不烦躁。

离九华山最近的码头是池州（贵池），只有54公里。现代人倘若耐不得内河轮船的悠闲，最好直飞安庆，离九华山只有123公里。如果飞去黄山机场就上当了。黄山机场其实是在屯溪，去九华山，弯弯绕绕166公里山路，在路上的时间多一倍。

九华街忆旧

进入九华山的山门之后，沿途星罗棋布撒满了大大小小的寺庙。也不知道绕了多少个弯，终于来到了九华街。九华街的规模不亚于庐山的牯岭。两条街,一新一旧,像两条肚肠,沿山依势,贯穿而上。老街青石铺地,只能步行。新街柏油路面,通车。在老街上逛逛,仿佛穿过了时空隧道,回到了尘封的岁月。小街或有四五米宽,多是小店和酒家。登上酒楼,选个窗边坐下,仿佛伸出手去就可以和对面的客官相握。槟外细雨飘洒,打湿了被山风吹动的酒旗。听得远处传来酒客的喧哗,我甚至怀疑是不是宋江正在宴请水泊梁山的108条好汉。大秤分金银,大碗吃酒肉,好不爽快。

街上店铺中多有古玩字画。不是专家不识货,不要说是古玩,就是那些玉器、石头也不敢辨认真假。中国人仿造的能力天下第一。让我流连的只有字画,价廉物美。反正买回去挂在自家墙上,只要是你喜欢,看上去舒服,原本没有什么真假。我和太太踏进一家木雕艺术品商店。可能是地板年久失修,人走过去,观音、弥勒一起晃动起来。红木雕刻的关公有二米多高。一旦倾倒下来可不是开玩笑的。我太太惊呼未落,老板马上跑过来,笑容可掬地解释说,百年老店,历来如此,放心好了。

皖南民居颇有特色,在青瓦映照下,马头墙格外地白。来九华山的游客甚多,九华街已经彻底商业化了。看起来门面很小的住宅门前也挂上了旅店、客舍的牌子。悔不该听从旅行社的安排住进了星级宾馆。倘在古色古香的民居中做个梦,见到的是李白还是王安石?没准。

图1　白墙的皖南民居

地藏王菩萨的来历

四大菩萨，文殊分管智慧，号称南无大智菩萨。普贤分管道德，号称南无大行菩萨。这两位菩萨负责上层建筑，务虚，地位最高。观音分工救苦救难，好比是当今的民政部长。其实观音的职责范围相当宽，什么事情都管，人称南无大悲菩萨。地藏王号称南无大愿菩萨，主管幽冥，也就是说，地藏王管的是来世。

人死之后，灵魂到哪里去了？远在石器时代，这就是一个问题。在各种原始崇拜中，人们相信在现实世界之外还有一个灵魂的王国。无论是东方还是西方，人们都在远古的传说中创造了天堂和地狱。好人死后升天堂，坏人下地狱。西方的天堂似乎集中在一个地方，而佛教却给人们提供了多层次的选择。可以发愿投生西方极乐净土，也可以投生东方极乐净土，随您的便。据说，在极乐世界你想要什么就有什么，没有饥寒，没有劳苦，没有烦恼，没有争夺。唯一需要做的就是努力修行，争取升级，从罗汉升到菩萨，再成佛。可是，依世人来看，五百罗汉似乎永远是罗汉，根本就没有升级变成菩萨的案例。也许，人间和天堂的时间量纲不同。天国中的一天相当于人世间几千年。不是不升级而是时间没到。无论如何，到了天堂，衣食无虑，尽管享福就是了。

既然把幸福交给天堂，那么留给地狱的只能是苦难了。由于通往天堂和地狱的都是单行道，只能去而不能回来，究竟天堂和地狱是什么样子，我们既不能证实也不能证伪。即便有些人声称去过另外一个世界，却很难通过重复性检验。人们对于另外一个世界了解得实在太少了。于是，大部分中国人采取了比较折中的办法，按照我们的老祖宗孔夫子的说法，"敬鬼神而远之"。出于敬畏，就是没有天堂地狱也要塑造一个出来。事实证明，中国人的想象力不亚于世界上任何一个民族。

在希腊神话中也有一个冥神，叫作哈迪斯。他是天神宙斯的弟弟。据说他抢走了大地之母的女儿，弄得大地之母无心照料农业生产，灾荒连年。众神向宙斯投诉，天神判决说，只要这个女孩在地府中没有吃过东西就应当放回人间。遗憾的是这个女孩刚巧吃了三粒石榴。于是，她必须每年在地府待三个月。在这三个月内大地没有收获，这就是冬天的来历。

希腊的冥神是个好色的情种，而东方的冥神就严肃正经得多了。来自印度的佛经中说掌管幽冥的是地藏王，可惜相关信息太少。佛教传进中国之后，我们的祖先不仅极大地丰富了天堂、地狱的内涵，还在现实的基础上极为成功地塑造了冥府教主地藏王的形象。

唐代开元、天宝年间，朝鲜半岛上的新罗国贵族金乔觉出家为僧，渡海来华。他24岁时辗转来到九华山，在九子峰附近的岩洞中苦行禅修75年。金乔觉深受当地百姓崇敬，纷纷捐资为他建寺。在建中二年（781年），池州太守张岩奏请朝廷为金乔觉建造了化城寺。这个寺庙成为九华山开山祖庭，迄今已有1200多年了。金乔觉德高寿长，活到99岁。据说他圆寂的时候山鸣谷啸，群鸟哀啼，地出火光。弟子将其遗体装在缸内，三年之后开缸时发现依然颜貌如生，惊为神圣。撼其骨节，有金锁般动静，恰符合佛经中菩萨应世的特征。于是，人们认定金乔觉是地藏王菩萨的应世化身，九华山自此成为地藏王菩萨的道场。

化城晚钟

九华山四大丛林，祇园寺、东岩寺、万年寺、甘露寺，最出名的还是化城寺。化城寺的名称来自于佛经典故。传说释迦牟尼带弟子下山布道，路艰粮绝，困乏不堪。佛祖用手往前方一指，顿时出现一座繁华的城池。弟子们看到了希望，备受鼓舞，赶去化缘。在《三国演义》中曹操曾经指点军士们望梅止渴，和佛祖指地为城有异曲同工之妙。

化城寺并不大，里外四进，典型的皖南院落式民居。中国传统的古建筑多采用砖木结构，最令人头痛的问题就是不能持久。在皖南水乡，湿气很重。木头梁柱能坚持上一二百年就很了不起了。也许只有在山西五台山那样干燥的环境下才能保留一些唐代的建筑。化城寺的唐代建筑早已坍塌。现存的山门和藏经楼建于16世纪。大雄宝殿和后厅于19世纪重修。为了防止铁钉生锈，匠人们煞费苦心，柱梁檩椽全部对榫相接，不用一钉。大殿正中的藻井雕有九条金龙，在祥云和蝙蝠的丛拥下首尾相顾，围绕着一颗明珠，艺术水平甚高。

化城寺现辟为九华山文物展览馆，珍藏了不少文物。其中比较特别是一尊铜铸的独角兽，名字叫"谛听"，是地藏王菩萨的坐骑。据说当年金乔觉就是骑着谛听从新罗渡海而来。在西游记中"谛听"可以俯耳于地，听出各种人的来历。可是这个谛听却甚是胆小，当两个美猴王为了辨别真假打到地藏王殿前时，它明明知道假猴王是六耳猕猴却不敢当面说破，把矛盾上交给了如来佛。

近年来九华街上新修了不少寺庙，无不高大雄伟，钢筋混凝土结构，大约可以长久保存下来。可是这些新修的建筑物却无论如何也取代不了化城寺的文物地位。也许是采用了现代工艺之后琉璃瓦的价格比较便宜，新修的寺庙大多采用金黄色的琉璃瓦盖顶。金碧辉煌，壮观好看。在早先，金黄的琉璃瓦岂是随便可用之物？没有皇帝钦准，私用黄色琉璃瓦犯谋逆大罪，是要抄斩九族的。如今皇权早已被荡涤干净，想用什么就用什么。怕只怕我们的后代弄不清楚文化传统。相比之下，化城寺朴素的建筑风格尤其显得宝贵。

站在九华街头举目眺望，东岩凌空拔起，绝顶上飞来一座百岁宫。从九华街可乘缆车直达百岁宫。同行的年轻人一鼓作气爬上山顶也不过用了20分钟。百岁宫得名于一位名叫无瑕的高僧。他在明代来到九华山修行，花了28年时间用血和金粉写了81卷《华严经》。他活了一百多岁，在山洞中坐化。三年之后，人们发现遗体周围的衣物都已腐烂，唯独和尚的金身依然如故。人们认为这是地藏王菩萨再度转世。明朝崇祯皇帝敕封为"应身菩萨",并钦赐修建了"百岁宫"。如今人们将无瑕和尚的肉身装金供奉在百岁宫。他的头部和寻常人一样,而身体已经缩得如同孩童大小。百岁宫的东侧悬有一口大钟,号"幽冥钟"。大钟表面刻满了铭文。和尚一边念经一边撞钟。

　　来到化城寺,切切不可忘记去看看那口大钟,高一丈有余,重二吨。和北京人钟寺的钟土相比,这口钟并不算大,但是它的意义却举世无双。化城寺是地藏王的祖庭。每当金乌西坠,化城寺便撞钟、念经。每到夜半时分,化城寺的钟声和幽冥钟交相呼应,回荡在深邃无际的夜空。子夜时分,幽冥钟连敲18响。据说,18声钟声可抵18层地狱。由于阴间并没有上下左右的方位,地狱18层未必是自上而下叠在一起,也许是18维空间。究竟地狱有多少维并不重要,在另外的世界中恐怕连计数的方式也不一样。国骂当中,最狠的无过于"让你死无葬身之地"。没有葬身之地就成了无家可归的孤魂野鬼。人活着要依附于社会,死后也要有个归宿。孤魂野鬼比地狱中的鬼魂还要悲惨。在阴间是没有亮光的。九华山的钟声具有非凡的穿透力。哪怕是在大西洋、印度洋上的航船也一样能够接收到发自于九华山的信息。就像航标灯台一样,地藏王菩萨用幽冥钟的声音给那些孤魂野鬼们指引方向,让他们循着钟声,从四面八方来到九华山。地藏王菩萨分别情况施予援手。

　　到达九华山的当天晚上,我们七八个人沿着九华街漫步。迎面看见一方招牌——"太白酒楼"。有酒必定有茶。推门进去,别有洞天。楼上雅座,茶点之外还有黄梅戏。后院一座凉亭,当中偌大一张树根雕刻的桌子。亭外月光如水,撒在绕亭而过的小溪上。众人围桌坐下,连声叫服务员上茶。九华山的"猴魁"确实不错。据说这种茶树长在悬崖绝壁之上,只有猴子才能采到。上茶时服务员送上来两个小碟,一碟瓜子,一碟话梅。众人刚一伸手就见了底。纷纷叫服务员再送些上来。

小姑娘为难地说:"这是送的。"

"我们人多,付钱再买点不成?"

她嘟囔着,转身再送了两小碟过来。

"怎么还只有这么一点?"

"还是送的,够多的了。"

众人一笑,拿她没有办法。

我们从天谈到地,从国内谈到国际,谈到兴酣,忽听得夜空中传来浑厚悠长的钟声。众人肃然。地藏王道场之夜,充满了神秘。有道是:

> 九华山月洒清辉,
> 化城晚钟震心扉。
> 招魂度魄无远近,
> 贯穿地府十八维。
> 西天方证菩提树,
> 人间恐怖添新悲。
> 地藏如愿成佛日,
> 不信春风唤不回。

月身宝殿

用过早餐后,离开钟楼饭店,沿九华街西行,登石阶而上,经念佛堂、无量禅寺,来到洁净精舍。门前几座香炉,颇有特色。有人说,精舍主持是位九十岁的老尼,料事极准。可惜,游客如同过江之鲫,老太太哪里应付得过来。同行者不无遗憾,我笑道:出家人不打诳语。天机不可泄露,没见就是见了。

沿山路步步登高,穿越竹林深处,抬头就是上禅寺。山门虽小,里面的殿堂甚为宽敞。大殿左墙上高悬"往生堂"三个大字。右面是"养生堂"。一位和尚执笔端坐桌前。只要布施若干,欲超度先人,写个名字挂在往生堂板上，欲保佑本人或亲友，则挂在养生堂板上。我没有去问写个名字要布施几何，每块板上只有百十来个位置，游客转身就走了，谁知道能挂多久？

金沙泉在上禅堂后院，泉水从观音的静瓶中滴出来，游客们纷纷赶去，接上数滴，抹在眼睛上。据说李白当年在此洗砚。"金沙泉"三字就是李白所题。字迹是真是假并不重要，李太白确实到过九华山，留下来众多诗作。来到诗仙隐居的地方自然也会沾上几分仙气。金沙泉蓄水成池，汉白玉栏杆。池外再围以黄色矮墙，旁有小门，题名"不二门"。取"不二法门"之意。门外景色极佳。

上禅堂位于神光岭半山腰。再往上走就是灵官殿和供奉十殿阎王的十王庙。一道笔直的山路有如天梯，九九八十一阶，直通神光岭上的月身宝殿。台阶甚陡，一旁的铁链扶手上挂满了锁。买把锁，许个愿，锁在神光岭的铁链上。带着钥匙回家，同时也带回去良好的祝愿。情人们把两把锁一起锁死在铁链上，再把钥匙丢下山涧，地藏王菩萨保佑永不分离。

神光岭顶峰，宝殿巍峨，上面高悬着赵朴初题写的"护国月身宝殿"。在这里，月字应读"肉"。月身宝殿覆盖铁瓦，莫非"铁九华"的称呼与此有关？金乔觉圆寂三年之后，僧徒在缸外建塔，在塔外建殿。这种建筑形式在世间恐怕是绝无仅有。木塔七层，以汉白玉为塔基。塔顶接近大殿正中的藻井。塔内供奉一百多座地藏王塑像。十殿阎罗肃立两侧。塔前悬挂八角琉璃灯，长明不分昼夜。地藏王菩萨有两样法器，一个是手中的夜明珠，一个是徒弟手持的宝杖。只要地藏王菩萨将宝杖一顿，地狱的大门立即敞开，夜明珠顿时发光，指引鬼魂脱离苦海。

月身宝殿是九华山的核心。农历七月三十日，地藏王诞辰。九华山举行盛大的"地藏法会"，历时七天。数不清的香客信徒举旗敲锣，结队朝拜。每年正月初一，当地村民要先到肉身塔前给地藏王菩萨拜年，然后才相互拜年。在方圆百里之内形成了独特的"地藏文化"。

地藏王的成功之道

天下僧人千百万，为什么唯独金乔觉修炼成了菩萨？

金乔觉来自于外国，跑到九华山来，人生地不熟，要创业，谈何容易？他能成功，必有其过人之处。

第一，金乔觉自身非常努力、勤奋。金乔觉流传于世的著作并不多，比较有代表性的是他的一首送别诗："好去不须频下泪，老僧相伴有烟霞。"他在九华山修行，耐得寂寞，只要烟霞相伴足矣。

第二，金乔觉选择了明确的主攻方向。他没有去和文殊、普贤、观音争夺高端市场，而是开辟了自己独特的产品，和其他竞争对手有着明显的市场间隔。金乔觉选择了解救地狱中的恶鬼，为来世服务。乍看起来，这个市场似乎非常冷僻，很难开拓。可是细想想，无论农樵渔猎，还是帝王将相，哪个也逃不脱一死。对于来世的需求虽然不像衣食住行那样具体，但是，这是一个具有极大潜力的市场。只要努力开发，就可以创造需求。实际上，地藏王菩萨在精神世界中所占有的市场份额不亚于观音菩萨。为了实现自己的奋斗目标，金乔觉立下誓言："众生度尽，方证菩提，地狱未空，誓不成佛。"他的豪言壮语使人想起了另外一句名言："无产阶级只有解放全人类才能最后解放自己。"

第三，在四大菩萨当中，金乔觉选择了脚踏实地的策略，不求虚夸，不出风头，在进取过程中保持低姿态。

有的大雄宝殿上有三座大佛。每个佛前面站着两个"胁侍"。在释迦牟尼佛的左右站着文殊和普贤。在药师佛两边站着日光和月光菩萨。在阿弥陀佛两侧站着观音和大势至菩萨。

有的大雄宝殿上只有一尊大佛，教主释迦牟尼左右站着他的两个弟子迦叶和阿难。佛祖背后是观音的地盘。观音菩萨赤脚立于鳌头，金童玉女侍立左右。东海波涛汹涌，仙山琼阁中演绎着佛经故事。

唯独地藏王菩萨总是有点寂寞地守在自己的地藏殿中，很少去凑热闹。

文殊、普贤、观音，头戴天冠，身披缨珞，呈现天人相。地藏王菩萨形象朴实，身披袈裟，左手持莲花，右手持宝珠，坐在莲花台上。面容平和，平易近人，呈出家相。

第四，地藏王善于和当地民众打成一片。金乔觉来自于新罗，要在皖南站住脚，必须取得当地乡绅的支持。在地藏王大殿上，左面站着一个和尚，法号道明。右面站着一位老人，慈眉善目，身着民间服装。他就是道明的爹，人称闵公。地藏王收了道明作徒弟，然后请闵公施舍一片袈裟大的地方。闵公是当地一个大财主，拥有九华山的产权。他毫不迟疑地答应了。哪里知道地藏王把袈裟一展，竟然覆盖了整个九华山。闵公见佛法无边，大喜，索性将九华山方圆120平方公里都捐给了地藏王。

金乔觉来到九华山后，不仅吸收当地财团入股，取得了财务上的支持，而且形成了一个以当地人士为主的经营班子，并且让他们的代表站在大殿之上。如此一来，地藏王得到了本地百姓的支持，最有人缘。这一点地藏王似乎要比文殊、普贤、观音高出一等。

第五，金乔觉搞五湖四海，兼容并蓄，团结一切可以团结的力量。当他来到九华山的时候，当地存在着各种宗教信仰。九华山佛教始于南朝梁武帝年间，比金乔觉早了200多年。在佛教内部有天台宗、法相宗、华严宗、净土宗、律宗、禅宗等门派。净土宗特别推崇莲花。在九华街的池塘里遍植莲荷，连上山的台阶上也刻满了莲花。金乔觉以净土宗为主，然而他并不排斥其他宗派。目前，在九华山上禅宗占据了主流。

最了不起的是金乔觉连道教也能包容兼蓄。

去过佛寺的人都见过韦驮。一进山门，在弥勒佛的背后就站着威风凛凛的韦驮将军。他眉清目秀，担任寺庙的护法神（相当于"保卫部长"）。他手里的兵器叫作降魔杵，捧在手上时说明该寺接受云游来的和尚"挂单",提供食宿。倒插在地则来客免谈。唯独九华山寺庙的保安部长不是韦驮将军。

据说,有一天韦驮外出寻山,地藏塔前来了一位状元。他为了测试真假,拿针刺进了地藏王金身的左腿。拔出针来带出血。状元大惊失色,慌忙带人下山而去。韦驮巡山归来,见地藏王金身受伤,怒不可遏,拿起兵器出门追赶。地藏王菩萨慈悲为怀,他估计状元早已走出了十里八里,吩咐韦驮只可追赶五里,倘若追不上,尽可放他离去。金乔觉说"五里",本地人听为"五溪"。恰巧在九华山下有个地方叫五溪。就在五溪桥头,韦驮追上了状元,手起杵落,当场毙命。金乔觉见韦驮杀生,勃然大怒,将他撤职,赶了出去。可是,山门不可一日无人把守,于是,金乔觉请来了道教的王灵官。从此,道教的王灵官开始为佛教看守大门。

在十王殿旁边有座灵官殿。王灵官手执钢鞭,龇牙咧嘴,横生竖眼,其貌不扬。"三眼遍观天下事,一鞭惊醒世间人。"灵官殿上,哼哈二将左右伺候,按照时尚流行的官本位来看,王灵官的地位高于哼哈二将,和后面殿上的四大天王同级。

金乔觉请王灵官来看大门,不知道是否发薪水?王灵官肯来应聘,绝非在道教那边没有饭吃。只不过道教那边的灵官有108位,赵钱孙李,周吴郑王,这个天师,那个天君,数不胜数。如果谁有工夫不妨到佛山的祖庙去转转,倘能把这些天君的名字记得一半下来,就算是一等一的好记性。王灵官与其在一大堆天君中滥竽充数,还不如到九华山来,自己有个殿堂,在地藏王面前风光一回,发多少薪水倒在其次。

金乔觉此举实在高明。佛教中并非除了韦驮外别无将才。可以充当保安部长的人选多得是。托塔天王李靖,灌江口的二郎神,就是孙悟空、猪八戒也可列入候选人名单。金乔觉不拘一格用人才,不在自家挑选保安部长,另有用意。九华山以前是道教的福地,有不少道观。请道教的天官来担任保安,分明是在向道教表示友好。

既得到了王灵官的效忠，又化解了与道教的隔阂，一箭双雕。

为了安慰韦驮，在上禅堂内专门设立了一个单独的韦驮殿。韦驮在别处都是看门的，在九华山居然有了自己的殿堂，即使受点处分，也值了。

第六，金乔觉不搞什么形式主义。九华山最有人情味。

九华山的寺庙不拘一格。有金碧辉煌的大殿，也有皖南民居。就是路边寻常的一间茅屋，只要在墙上写上某某精舍，某某禅寺，就一样可以供奉佛祖菩萨。在九华街上僧人和百姓和谐相处，融成一体。

文殊、普贤、观音的地位很高，但是，迄今为止，人们还搞不清楚他们的家世。甚至连他们的性别也颇有疑惑。有人说，观音在印度的时候还留着两撇小胡子。可是，地藏王菩萨却很实在。他出身于新罗贵族，却安于在九华山的山洞中吃苦修行，在九华山上留下了不少充满人情味的故事。

在化城寺前有个娘娘塔，目前塔已不存，唯留塔基和正中的一口井。据说，金乔觉在九华山修行，新罗王室内乱，其父被害。金乔觉的母亲找到九华山来。母子相见，悲喜交加。老太太哭了三天三夜，哭瞎了眼睛。金乔觉从井中打水给母亲洗眼，终于复明。从此，这眼井被称为"明眼泉"。母亲故去后金乔觉在此修塔纪念，称为娘娘塔。

在九华山登山古道旁边有座特殊的民宅，供奉二圣。殿内两尊塑像，乌纱帽，朝服玉带，三绺长髯齐胸。据说，这是金乔觉的二位舅舅。他们追随金乔觉来到九华山，却耐不得山中清苦。他们溜下山来饮酒吃肉，犯了佛门戒条。金乔觉坚持原则，把二位舅舅赶下山去。当地民众不仅收留了他们，还在日后立庙祭祀。每奉八月初一，民众办"二圣会"，焚香礼拜之后大鱼大肉聚餐一顿。如此盛会自然精彩。可惜，我们没有赶上。花和尚鲁智深大闹五台山，不就是下山喝了点酒，吃了点肉？为什么非要把他赶走不可。哪里比得上九华山宽容，讲人情？

世界四大古文明，埃及、巴比伦、印度和华夏文明，为什么只有华夏文明能够自古到今，上下五千年，绵延不断？佛教始创于印度。地位最高的自然是佛祖释迦牟尼。据说佛祖的道场在西天灵山鹫峰大雷音寺。当今在印度残存着一些佛教遗址，可是，在地图上根本找不到佛祖的道场。佛教传入华夏之后，中国人为四大菩萨设立了各自的道场，至今香火旺盛。李敖说，他最喜欢生活在唐朝，因为唐朝最自信。有自信才能宽容。只有兼收并蓄，吸收各种文明的优点，才能融合成自己独特的文化，表现出泱泱大国恢宏的气度。

改革开放的基础就是自信。当年我们的前辈对马克思政治经济学采用了拿来主义，如今我们对现代经济学理论也应当采取拿来主义，敢于从世界上一切先进的思想当中吸取营养，为我所用。发展是硬道理。研究经济学理论，为的是解决中国经济发展中的问题。无论是现代经济学的哪个流派，只要对中国的经济发展有好处，拿来就是。何必计较姓资还是姓社？

十殿阎罗

阎王原本是中国民间信仰的产物。不仅长相是中国人，还有个中国人的姓。我手头有本民国年间的《暗室灯注解》，其中提供了对十殿阎王的详细注解。如今，恐怕农村老妇也不一定能记住他们的名字和职能。古时候人们在设计十殿阎罗的时候并没有参照什么法典，也未必有人花费许多精力来推敲他们的分工。在不同的版本中，连十殿阎王的名字和位次也略有不同。

一殿，秦广王，姓蒋，负责预审科。在他的大殿前面有副对联："善报，恶报，迟报，速报，终须有报，天知，地知，子知，我知，何谓无知。"在世间只要做了坏事，总瞒不过他老人家的法眼。将善人保送西天极乐世界,将恶人打入地狱受审。

二殿,楚江王,姓历,掌管割舌地狱,职能之一是纪律检查,惩治贪官污吏。古时候人们的心态和当今相差无几,最恨的就是那些贪官污吏。阴曹地府的小鬼们把那些贪官们剖腹开膛,看看里面装的是什么狼心狗肺。

其余各殿阎王分别为:三殿,宋帝王,姓余。四殿,五官王,姓吕。五殿,森罗王,姓仓。六殿,卞城王,姓毕。七殿,泰山王,姓董。八殿,都市王,姓黄。九殿,平等王,姓陆。这几位阎王分别负责审判逸言、挑拨离间、伤人杀生、不孝敬老人、奸淫等。十殿,轮转王,姓薛,负责终审判决。

在九华山的拜经台前有副对联:"阳世所为,越理欺天皆由己,阴间报应,古往今来放过谁。"作者对于人世间出现的种种欺天害理的行为无可奈何,于是只好把惩治坏人坏事的希望寄托在阴间。谁说这些警戒无济于事?既然说不清楚人的灵魂到哪里去,那么对于阴间的事情必然有几分敬畏。在许多情况下宗教正是通过对于精神世界的敬畏而扬善抑恶,对社会起到了稳定的作用。

有人问我,你信不信?我回答,可以不信,但不能不敬。世间三大宗教,基督、伊斯兰和佛教,无不劝善抑恶。在沟通精神和物质世界过程中给人们以希望。世上怕就怕除了金钱之外什么都不信。

焉测九华之所有

明代大儒王阳明曾经多次来九华山,他说:"九华之峰九十九,此语相传俗人口。俗人眼浅见皮肤,焉测其中之所有。"在九华山的密林修竹当中不知包含着多少哲理和未知的秘密。

毫无疑问,精神和物质的属性截然不同。不能拿物质的手段,利用物理、化学、力学、经济学的手段来解释精神世界。

公元794年，金乔觉圆寂之后留下不朽金身。八百年后，明代万历年间，无瑕和尚在九华山摩空岭的山洞中圆寂三年之后，金身依旧。民间有许多离奇的传说，由于不能重复，因此很难证实。也许这些案例离开今天太遥远，不足为信，那么近年来再度出现的奇迹使人不能不拍案称奇。

大兴和尚，1894年出生，1984年圆寂，享年91岁。他在九华山后山双溪寺放牛，经常饱一餐，饿一餐。他常说："好人好自己，坏人坏自己。"坐卧之间常念空、空、空。空字不离口。到了1984年，大兴和尚转念阿弥陀佛，随即于1985年2月17日圆寂。这样一个穷和尚，绝对没有资金来做什么遗体处理。众僧按照佛教规矩，将大兴和尚盘坐装缸，在缸内塞满木炭。由于大兴和尚和当地民众关系很好，老百姓自愿出工出资给他修了一个圆形砖塔。四年以后，开缸检视，居然不腐不烂，又是一个金身菩萨，被人称为地藏王第三代化身。

明净和尚，俗名徐方柱，生于1928年。1984年来九华山出家。无师自参。坐禅修炼。无论严寒酷暑，身着破衲，赤足光头。他苦练头陀功，站禅三年，坐禅三年，卧禅三年。修炼时严持戒定慧。丝毫不动。在1993年9月6日，明净和尚安然圆寂。隔了六年，众僧开缸，发现明净和尚真身不腐，颜面如生，遂供奉于丹檀禅林。这些和尚的金身居然什么防腐措施都没有，对于温度、湿度和光照都没有特殊要求，任凭人们参观膜拜。这些事情是现代科学所无法解释的。

我游九华山，匆匆而来，匆匆而去。好多该去的地方没有来得及去，留下来不少遗憾。李白在九华山时写道："我欲一挥手，谁人可相从？君为东道主，于此卧云松。"我有几分羡慕九华山的僧尼，他们可以卧云松，餐烟霞，从容悟道。像我这样的凡夫俗子，尘缘未尽，享不到这样的清福。当个教书匠，授业传道，要对得起我的学生。学经济学，有个一知半解，看到不合理的地方不能不说。虽说忙忙碌碌，倒也乐在其中。

九华山祇园寺有副对联说："三尊佛祖，静观事变；十八罗汉，闲看人忙。"

精辟！

乐山记行

二〇〇七年十月十五日

"大江东去",说的是苏东坡;"佛法西来"说的是弥勒佛。什么叫"与时俱进",什么叫"落地生根"?请看弥勒佛的演化变迁。

大江东去,佛法西来

乐山大佛离峨眉山仅 30 公里。去峨眉山的必定前来朝拜大佛。

沿石阶逐级而上,左手是岩壁,右手是大江。岷江从川北雪山而来,在凌云山下同大渡河和青衣江汇合,水面开阔,江流湍急。石壁上刻着一行大字"苏东坡载酒时游处",明代嘉定州守郭卫宸所题。嘉定就是如今的乐山。

图 1　莫非题壁语法有误

恕我学识浅薄,岩壁上的这行字很难断句。苏东坡有诗:"少年不愿万户侯,亦不愿识韩荆州,颇愿身为汉嘉守,载酒时作凌云游。"

他希望经常带着美酒来凌云寺游玩。如果把石壁上的题字解释成苏东坡载酒时游玩的地方，不通。载酒又不是卓文君当垆卖酒，时间跨度很短。如果把"时游"两个字断在一起，表示经常来此地游玩，和苏东坡的原意比较符合，不过，以"时游"简化"时作凌云游"似乎有点牵强。这行字存在了几百年，文艺评论家见到苏东坡的大名，早就佩服得五体投地，哪里还敢说长道短。一般的游客走过去，哪里管你写什么，随便。

苏东坡是眉山人，老家离乐山50公里。在高速公路上有广告——"苏东坡故乡眉山欢迎你"。其实，苏东坡在乐山的遗迹比眉山还多。苏轼父子进出家乡都要乘船，乐山是他们必经之路。毫无疑问，乐山大佛和苏东坡是老相识了。

在凌云山上有苏轼的题刻，还有他和高僧谈经论道的钓鱼台，洗砚的洗墨池，还有东坡书院、清音亭、景苏楼等。著名的东坡楼的来历有些特殊。在明代，各地官员拍奸臣魏忠贤马屁，给他盖生祠，嘉州地方官也不例外。祠堂还没盖好，崇祯皇帝即位杀了魏忠贤，乐山人顺手将魏忠贤的生祠改为东坡楼，物尽其用，没有浪费。

在山路旁有龙潭、虎穴。龙潭的构思极为巧妙。路旁的栏杆起伏成龙形，钻入岩石中，在五米多高的峭壁上伸出一个龙头，一股清泉从龙口中喷涌而出。不远处有只石雕猛虎，崖壁上刻着"虎穴"二个红字。四川离开京师很远，这里的龙和皇家没有关系。有水的地方就有龙的踪迹。

有人问导游："凌云山四周人烟茂盛，哪里来的老虎？"

由于"周老虎"弄虚作假，人们对发现老虎的信息比较敏感。小姑娘推脱搪塞："古时候也许真的有老虎呢。"

我帮忙说："凌云山下，三江合流，少不了龙。青龙白虎是朋友，白虎是来青龙家串门的。"

众人一笑。

图2　龙潭虎穴，成双成对

在凌云山上碑刻极多，许多文字非常精彩。明代范醇敬书写的《凌云寺志略》中写道："三峨凝黛，水自天来，烟波极目，绿野无际，过舟渔艇，点点如画。"站在凌云山上极目望去，果真如此。

景区大门上，有郭沫若写的"乐山大佛"。笔力遒劲，潇洒飘逸，后人很少能超越。乐山出才子，这里也是郭沫若的老家。

山门两侧题道："大江东去，佛法西来。"唯方块字才有对联。一副好对联可以给风景带来无穷乐趣，提高内涵和层次，让人看上一眼就忘不掉。

"大江东去"，说的是苏东坡；"佛法西来"说的是弥勒佛。

四朝三代修一佛

凌云山高不过数十米，进山门后没走几步就到了凌云寺。凌云寺天下无双。虽然庙内并无特别，只要往庙门一站，就吓你一跳。一个巨大无比的后脑勺突兀而来，让人怀疑是否坠入了卡通世界。往前紧走几步，手扶栏杆，仔细端详，人站的高度和大佛的耳朵相仿。耳朵眼里大概可以并肩站立两个人。大佛头上有几百发髻，每一个都有桌面大小。沿左侧台阶上行，可以绕到大佛侧前方。大佛

图3 乐山大佛，巨额长耳

双目微睁，凝视着下面三江并流。佛像高度可能超过二十层楼。

在佛像两侧开凿了173级的九曲盘山道。游客们在凌云寺前广场上排成长龙，沿着小径，盘旋而下。我往下看，站在大佛脚面上的几十个人也正仰头看我。如果排列整齐一点，估计大佛的脚面上可以站上百人。

陪同的朋友说："如果要看大佛全景，莫如坐船。"

我连声赞同："对，距离产生美。"

我们从后山下来，驱车来到码头。登船时码头上不断广播，提醒游客注意安全。看看脚下，水流湍急，对于那些一叶小舟，确实风险不小。由于青衣江、大渡河和岷江在这里汇流，江水变化莫测。暴雨季节，洪水泛滥为患，经常船翻人亡，于是，人们请大佛来此，镇压水怪，保佑来往船只平安。

船近汇流点时，人们纷纷拿出相机，对准大佛。确实，只有从水面上才能看清楚大佛的全貌。

大佛依山凿成，双手抚膝，正襟危坐，神态肃穆。

山是佛，佛是山。

据介绍，佛像高71米；佛头长14.7米，宽10米；肩宽28米，眼长3.3米，鼻子长5.6米。在古佛像中，阿富汗的巴米扬大佛高

图4　盘旋而下的栈道

55米，可惜被一群极端分子给炸毁了。敦煌莫高窟大佛33米，洛阳龙门的大佛17米。埃及狮身人面像斯芬克斯高20米。乐山大佛位居第一。

现代科学技术允许人们把佛像建得更高。台湾高雄佛光山的"接引佛"高32米，香港宝莲寺天坛大佛、普陀山观音都超过40米。无锡灵山大佛高88米，安徽九华山正在修建的地藏菩萨铜像高达99米。一个比一个更高。目前最高的也许是海南三亚的海上观音，108米。今后肯定还会有更高的佛像出现。

乐山大佛从唐玄宗时开工，经历唐肃宗、唐代宗和唐德宗四朝，前后九十年。在一千多年前，我们的祖先能够完成如此浩大的工程，确实是一个奇迹。

无论什么工程项目，都离不开资金保证，古今中外，盖莫例外。

海通和尚是贵州人，云游来到乐山。他发誓要在三江合流处建造大佛，镇服洪水。海通审时度势，将筹款的重心确定在经济发达的江淮地区。如果说修建大佛是为了整治水患，只有受益的四川人

图 5 俯瞰三江汇流

愿意捐款,数额难以支持如此庞大的工程。在唐代,弥勒信仰非常流行,海通灵机一动,以弥勒菩萨号召,赢得了信徒的捐赠和支持。

为什么要崇拜弥勒菩萨?道理很简单,弥勒菩萨神通广大,代表着未来。只要信仰弥勒,就可以在来世投生兜率净土。佛经说,只要信佛,将来可以托生极乐世界。不过,未来极乐世界多种多样,有西方净土、东方净土、灵山净土、密严净土、莲花藏净土、净琉璃净土,等等,弥勒菩萨的兜率净土也许是其中最棒的一个。

弥勒菩萨是兜率天的教主。按照兜率天宫的"广告",在这里:"金银玛瑙,珍珠琥珀,各散在地,无人捡拾,视若瓦石。""地内自然生粳米,亦无皮裹,极为香美。"有吃有喝,连舂米做饭都免了。"彼时男女之类,意欲大小便时,地自然开,事讫之后,地复还合。"这类厕所比现代抽水马桶还要环保。除此之外,去兜率天宫的人全部可以解决住房问题。如今房价这么高,许多年轻人买不起房子,在网上忿忿不平。买不起房?没关系,用不着愤懑、担心,拜拜弥勒菩萨就行。在兜率净土有五百亿宝宫等着你。目前全球人口60多亿,哪怕将亚非拉的阶级弟兄都算上,每个人还可以分到近十座宫殿，随便住。不仅房子多，还没有环境污染，不然怎么称为"净"土？在每座宫殿中还有"百千天女，色妙无比"。据说，东晋高僧道安发誓愿往生兜率世界。唐玄奘、白居易等名人也都发誓，非去兜率净土不可。

有这么好的地方，谁不动心？既然想去，就得拜弥勒。要拜弥勒菩萨，先捐点钱出来，在乐山修大佛。海通的逻辑非常简单，很有说服力，筹款进展顺利。

海通带着钱回到乐山，还没有开工就遇到麻烦。乐山地方官员眼红了，伸手要"管理费"，否则就不给开工许可证。此事绝非后人凭空捏造，见诸韦皋在1200年前撰写的《嘉州凌云寺大弥勒石像记》，至今还镌刻在大佛右侧临江的石壁上。

> 时有郡吏，将求贿于禅师，师曰，自目可剜，佛财难得。吏发怒曰：尝试将来。师乃自抉其目，捧盘致之。吏因大惊，奔走祈悔。

韦皋评论道："夫专诚一意，至忘其身，虽回山转日可也。"

图6　巨佛镇三江

海通和尚是条汉子。要钱没有，要我的眼睛，亲手挖出来给你。别看和尚赤手空拳，却不怕死，在精神上压倒了贪官污吏。海通此举，惊天地，泣鬼神。

没有海通就没有乐山大佛。

海通去世以后，由于无人主持，资金断绝，大佛停工，一搁就是四十多年。好在这是在石壁上雕刻，倘若是土木结构的半截工程，拖这么久，早就坍塌了。

章仇兼琼是唐玄宗时的一个著名大臣，他带兵打败入侵的吐蕃之后，奉命镇守四川，深得皇上欣赏。他打算继续修建乐山大佛，首先捐出自己的部分薪俸，然后开口向朝廷要钱。他请求部分扣留四川理应上缴的盐税，用来修大佛。李隆基批准了，乐山大佛得以再度开工。

工程进展几年后，章仇兼琼被调任中央政府户部尚书。不久，爆发了安史之乱，唐玄宗逃到四川，乐山工程只好搁浅。

这一搁又是40年。唐德宗年间，韦皋出任剑南西川节度使，主政四川。他来到乐山，见大佛工程只进行到膝盖部分，总不能就这么着撂在这儿。他采用了"租庸调制"为大佛筹款。所谓"租庸调制"就是有钱出钱，没钱出力。按规定，每个壮丁每年需要服役二十天，如果不当差服役，就交钱，工役每天折合三尺绢，或者三尺七寸布。大佛前期工程的财源主要来自于海通和尚在江淮筹集的善款，中期和后期则完全依靠四川百姓的血汗。

多亏韦皋在竣工之后将大佛修建过程记录下来，刻《大像记》于石壁。我们才得知乐山大佛诞生的坎坷经历。如今，游人无不在海通和尚和韦皋的塑像前顶礼膜拜，万分尊重。可惜，由于风吹雨打，峭壁上的《大像记》已经字迹模糊，斑驳不清，在游船上我们怎么努力也看不清楚。

弥勒佛的形象变迁

我们不妨作一个抽样调查，问问游览乐山大佛的游客，乐山大佛是如来还是弥勒？

恐怕回答弥勒佛的人不会超过一半。几乎在所有佛寺，一进山门就可以见到乐呵呵的大肚弥勒佛。在中国人的心目中，弥勒佛的形象早已定型。可是，乐山大佛确实是弥勒佛，是他早期形象。

如何识别弥勒佛？很有意思。

佛和佛之间也有分工。无非按照时间或者按照空间来分。

按照区域分工，东方、西方和中央。中央是释迦牟尼佛，左右胁侍是文殊和普贤。西方是阿弥陀佛，左右胁侍是观音和大势至菩萨。东方是药师佛，两旁是日光和月光菩萨。

也有按照东南西北中划分的五方佛。中央和西方维持不变，依然由释迦牟尼佛和阿弥陀佛为教主。东方交给了阿閦佛。南方请宝生佛负责，北方由不空成就佛坐镇。在北京法源寺，山西大同善化寺，福建泉州开元寺等地都可以看见五方佛。

如果按照时间来划分，则可以分为过去、现在和将末来，人称三世佛。中间是释迦牟尼佛，左面是燃灯佛，代表过去，右面是弥勒佛，代表未来。

一般来说，弥勒佛和释迦牟尼佛、燃灯佛的形象基本一致。在大雄宝殿上，三尊佛并肩而坐，除了手势有点不同之外，几乎没有差别。只能从他们的座位次序上来区分。面对佛祖，右手边的是弥勒佛。可是，乐山大佛和普通寺庙中的佛祖明显不同，也不同于常见的大肚弥勒佛，怎么回事？

佛教传入中国以后，很快就被改造、发展。随着佛教本身的发展演变，佛像造型也发生了很大的变化。大致上可分三个阶段。

第一阶段，佛像保留着非常明显的印度特征：宽肩细腰，盘腿交脚趺坐。

第二阶段，佛像双肩宽厚、结实，胸脯饱满。唐代崇尚肥胖，佛像自然不会清瘦。不过，佛像的眉毛又长又高，鼻梁挺直，保留着第一阶段的特征。

第三阶段，弥勒佛变成了开襟敞怀、笑口常开的大胖和尚。头上的发髻荡然无存，变成了光头。弥勒佛实现了完全的本土化，几乎找不到任何印度特征了。弥勒佛的户口迁到浙江奉化，落实到一个叫作"契此"的布袋和尚身上。从此，弥勒佛的形象定型于亿万民众心中。

乐山大佛属于本土化的第二阶段，和前后阶段的形象都不一样。

什么叫"与时俱进"，什么叫"落地生根"？请看弥勒佛的演化变迁。

佛像的坐姿也反映了佛教传播的历程。佛教在东汉时传入中国，首先在河南、陕西一带流传。北方农民至今还保留着盘腿交脚而坐的习俗，于是，北方的佛像大多盘腿跌坐。后来，佛教渐渐传到江南。由于南方天气热，地面潮湿，老百姓很少盘腿席地而坐。南方人习惯坐在椅子上，弥勒佛入乡随俗，也改为坐姿。乐山大佛双腿自然下垂，双手平置膝上，坐姿平稳。在激流险滩中的船只一旦翻船，弥勒佛一伸手就能把人捞上来，如果盘腿而坐，动手就不那么快捷、方便。

乐山大佛是世界上最大的石刻弥勒佛。

最大的铜铸弥勒佛像是西藏日喀则的扎布伦寺的强巴佛像（藏传佛教的强巴佛就相当于汉传佛教的弥勒佛）。高26.2米，用黄金6700两，额头和法冠上镶嵌1400多颗钻石、珍珠、宝石。扎布伦寺是班禅的道场。据说，班禅喇嘛是阿弥陀佛转世，拥有对密宗教义的最高解释权。达赖喇嘛是观世音菩萨转世，负责救苦救难，在理论层次上，班禅要高于达赖。

在北京雍和宫的大佛楼里，一尊大佛顶天立地，佛像的头部一直伸进天花板的藻井之中。人们仰视佛像，要赶紧捂住头上的帽子。

佛像高18米，埋在地下的部分还有8米，用一根完整的白檀香木雕成。这是世界上最大的木雕弥勒佛像。

在《西游记》中弥勒佛"大耳横额方面相，肩宽腹满身躯胖，一腔春意喜盈盈，两眼秋波光荡荡"。孙悟空遇到的黄毛怪就是弥勒佛手下的黄眉童子。他偷走了弥勒佛的"人种袋"，只要抛出来，不管什么人都能装进去，弄得孙悟空一筹莫展。最后，孙悟空和弥勒佛合作才降伏了黄毛怪。在《西游记》中弥勒佛是个有点稀里糊涂的老好人。

布袋弥勒的来历

汉传佛教有四大菩萨，相应有四大道场。五台山是文殊菩萨道场，峨眉山是普贤菩萨道场，普陀山是观音菩萨道场，九华山是地藏王菩萨道场。弥勒既是菩萨又是佛，是佛祖的接班人，地位高于各位菩萨，自然也应当有自己的道场。乐山大佛是最大的弥勒佛像，有人提议将乐山凌云寺定为弥勒佛的道场。然而，迄今为止，无论是佛学界还是民间都没有确定弥勒佛的道场究竟在哪里，原因很简单，有多个竞争者，而且各执一端，都有道理，让人不知所从。

有人主张贵州梵净山是弥勒道场。贵州人说梵净山作为弥勒道场由来已久，理由是在这里曾建有象征弥勒佛透明通体的通明寺，还有明朝万历皇帝敕建的梵净山金顶正殿。据说，在金顶碑文中宣称这里是弥勒佛的极乐天宫。贵州人扬言要耗资一亿打造5米高的弥勒金佛。可惜，贵州梵净山地理位置太吃亏了，交通不便，影响竞争力。

弥勒道场最强的竞争者是浙江奉化的雪窦寺。

在1934年出版的《佛学词典》中提出："近有主张四大名山外，加奉化雪窦弥勒道场为五大名山者。"许多人主张雪窦寺是"弥勒应迹胜地"，理应被选为弥勒道场。民国年间的人不过说说而已，在当今的市场经济大潮中，浙江人不仅说而且马上动手干。雪窦寺在2008年11月8日给弥勒大佛开光，铜佛高达56米，是大肚弥勒佛的标准像。当地媒体宣布，雪窦寺就是弥勒道场。

五代后梁时期，浙江奉化出了一个名叫契此的和尚。矮胖，肚子很大，常用竹竿挑着个大布袋在闹市中逡巡。他面带笑容，四处化缘，随处坐卧，能掐会算，预知天气，预测吉凶，颇为灵验。有一天他端坐在雪窦寺东廊的盘石上，口中念道："弥勒真弥勒，化身千百亿，时时示世人，世人自不识。"随后，安然圆寂，契此葬于雪窦寺之西。人们恍然大悟，这个胖和尚原来是弥勒佛的化身。从此布袋和尚契此的模样逐渐成为弥勒佛形象的主流。

文殊、普贤和观音"虽善无征"，来历无法查证，和现实生活有点脱节。地藏王菩萨的化身是金乔觉，九华山是地藏王菩萨道场，这一点似乎并无争议。金乔觉在唐玄宗时由朝鲜来到安徽修炼。契此和尚是梁朝人，比金乔觉早了一百多年。既然金乔觉是地藏王化身，说契此是弥勒佛化身，顺理成章。

弥勒佛大大咧咧，衣冠不整，随随便便，平易近人。老百姓把弥勒当作朋友，而不是高高在上的教主。人们传说，只要摸一摸弥勒佛的大肚皮就可以消灾避难，百病皆无。于是，在许多庙宇中弥勒的肚子被摸得黝黑发亮。弥勒佛一点都不恼，依然笑呵呵的，任你摸。既然连佛的肚子都摸得，小孩子便揭瓦上房，没了规矩。五个大胖小子爬在弥勒佛身上，摸秃顶，掏耳朵，嘻嘻哈哈。弥勒佛还是不恼。于是，弥勒佛又有了一项兼职，送子，而且只送男孩。

峨眉山上有一副弥勒佛的对联：

  开口便笑，笑古笑今，凡事付之一笑，

  大肚能容，容天容地，于人无所不容。

这副对联不仅对仗工整还富有哲理，引人深思。

还有一联:

  处己何妨真面目,

  待人总要大肚皮。

  弥勒佛严于律己,宽以待人,他的大肚皮可以化解掉许多冲突矛盾。有助于和谐社会。

  弥勒佛没有架子,和老百姓打成一片。在庙宇中,弥勒佛坐在天王殿内乐呵呵地接待客人。和他身边的那些面目狰狞,装腔作势的四大金刚比起来,弥勒佛和蔼可亲,人缘好多了。

  雪窦寺离浙江奉化市溪口镇15华里,坐北朝南,九峰环侍。前几年我去雪窦寺时,老远就看见了突出于万绿丛中的大雄宝殿。金黄色的琉璃瓦在阳光下闪闪发光,气度不凡。跨进雪窦寺,看见御碑亭,方才知道这座寺庙大有来历。大雄宝殿上的匾额"资圣禅寺"是宋太宗赵光义所赐。宋仁宗认定雪窦山是他梦游胜境,宋理宗为此御书"应梦名山"。一千年来,雪窦寺五次被毁。清朝光绪皇帝降旨重修,加盖黄琉璃瓦。镇山之宝是御赐的"资圣禅寺法王宝印"。雪窦寺高僧辈出,为天下禅宗十大名刹之一。在诸多碑刻中雪窦寺被称为"大慈弥勒菩萨道场"。

  和一般寺庙不同,雪窦寺在大雄宝殿和山门之间多一间弥勒殿。正中端坐着人们熟悉的大肚弥勒佛。雪窦寺周围森林植被保护极好,翠竹茂林,山泉淙淙。附近有好多瀑布,以妙高台前的瀑布最为壮观。飞流直下三千尺,水花四溅,飞瀑如雪,"雪窦"由此得名。

  景致是天生的。乐山、峨眉山、梵净山各有千秋,地理位置不可移动,很难横向比较,决出高低。文化可以沟通交流。特别是民间文化,经过千百年流传,根深蒂固。由于人们普遍接受了弥勒佛的大肚皮和尚形象,想改回原来面孔也难,何苦呢!济南千佛山复制了一座乐山大佛,几乎没有人叫他弥勒佛。大肚皮和尚的形象已经约定俗成,你不接受也得接受。

  哪里是弥勒道场?看起来,还得顺应民意,由老百姓说了算。

既然老百信喜欢笑口常开大肚皮的弥勒佛,那么,弥勒道场必定在浙江溪口的雪窦寺。乐山、梵净山等地不妨称为弥勒圣地。佛法无疆,弥勒佛主管未来世界,多几个办公地点也无妨。

弥勒佛的创新情结

游船在江上转了一圈之后,返回码头。船上的人们都在回头观望横躺在江面上的卧佛。我不知道,海通大师和苏东坡有没有想过,弥勒崇拜究竟意味着什么?

图7　江上看卧佛

辩证法认为,世界在不断发展,未来必然意味着变革。乐山大佛是一尊弥勒佛。按佛教教义,弥勒佛是三世佛中的未来佛,既然弥勒佛代表未来,提到弥勒佛就意味着希望和变化,未来世界的光明和幸福。

一世有多长?古人说三十年为一世,佛教中以一劫为一世。一劫为四十三亿二千万年。也有人说一劫是一百二十八亿年。按照佛经,到了劫末就会有劫火,烧毁一切,然后重新创造世界。也就是说,现在我们正处于释迦牟尼的时代,这个世代的总长为四十三亿年。在释迦牟尼死后,弥勒佛将接替佛祖的地位,广传佛法,普度众生。弥勒出世就会"天下太平"。

我们究竟处于现代劫中的哪个阶段,开始还是临近结尾?这个问题似乎并不重要。一劫好几十亿年,就是给个零头我们也消受不起。人类出现不过三百万年,说中华文明源远流长,有文字记载的不过五千年。有人说,地球的寿命还有五十亿年,最终会被扩张的太阳所吞没。对这一点,好像没人在乎。别说五十亿年,就是一万年以后的事情跟我们都没啥关系。

可是,在历史上弥勒被当作推翻旧制度、开创新纪元的号召。在很多地方,弥勒佛代表创新。如果发现在佛寺正殿上供奉的神像打破常规,有所变化,很可能就是弥勒佛。

为什么武则天在695年编造《大云经疏》,自称是弥勒佛化身?毫无疑问,她在寻找取代李唐王朝的理论根据,否则她建立的周朝(690—705年)很可能被当作篡逆。

上至皇室,下至民间,都知道抬出弥勒来就表示在某种程度上对现实不满,呼唤改革。

崇奉弥勒的教派叫白莲教。虽然白莲教起源于佛教,但是特别敢于创新。白莲教的教义浅显易懂,宣称世界末日快到了,在劫火中一切罪恶世界都将被毁灭,弥勒佛出世,拯救万民,天下太平。白莲教的光明世界,也就是弥勒佛的兜率天宫,超过任何极乐世界。白莲教大刀阔斧地改革了许多佛教的规矩,修行简便,允许信徒"在家出家",不剃发,不穿僧衣。由于白莲教拥有一大批有家室的职业教徒,群众基础广泛,白莲教的堂庵往往拥有许多田地资产,主持者父死子继,世代相传,俨如一个个独立王国,有了一定的经济基础。在元代,白莲教的堂庵遍布南北各地,聚徒少者数十,多者过千。庐山东林寺和淀山湖白莲堂是当时白莲教的两个中心。白莲教的堂庵为反抗朝廷的农民起义提供了社会基础。

在民间,白莲教也叫作"明教"。元末,政府强征民夫堵塞黄河缺口,天怒人怨,白莲教提出"弥勒下生,明王出世",广大民众积极响应，席卷全国。红巾起义领导人韩山童、刘福通、徐寿辉、邹普胜等都是白莲教徒。朱元璋借助明教的力量登上皇位，他的王朝就叫明朝。可是，当过和尚的朱元璋最了解弥勒下生的谶言意味着什么，他取得政权之后过河拆桥，在《明律》中明确宣布白莲教为"左道邪术"，彻底禁止弥勒出世之说。

尽管明初朝廷严禁白莲教，川、鄂、赣、鲁等地还是多次发生白莲教徒聚啸一方的武装暴动，有的还建号称帝。明中叶以后，白莲教演变成许多民间宗教，虽然名目繁多，教义、仪轨各不相同，但是都崇拜弥勒佛，渴望改换世道。政府文件中统称他们为白莲教，民间也认为他们都属于白莲教。

清朝入主中原之后，白莲教徒以民族复兴为号召，倡言"日月复来"。在顺治、康熙、雍正以及乾隆初期，白莲教的反清复明活动延续了几乎一个世纪。直到乾隆三十九年，在山东还爆发了大规模的白莲教反清起义，首领叫王伦。虽然起义被镇压下去了，朝野震惊，为什么白莲教屡禁不止，斩杀不尽？

白莲教的理论基础是弥勒出世，改朝换代。这个理论宣传世界末日，危言耸听，强烈地体现了拯救世人的愿望，很容易将各种对现实不满的力量聚集在一起。与此同时，无比美妙的兜率天宫给信徒开出天价支票，具有极大的诱惑力。灵活的宗教理论和多变的宗教组织形式，使得弥勒崇拜非常容易改头换面，因地制宜，深入民间，适应当地民众的习俗和需要，具有极强的生存适应能力。难怪历代政府都视白莲教及其背后的弥勒崇拜为洪水猛兽，一再打压、取缔。可是，弥勒崇拜压不垮，禁不绝，顶多是换个模式，摇身一变，卷土重来。一直到近代，青洪帮、哥老会、一贯道等组织依然以弥勒崇拜作为旗帜。

站在船头，望着渐渐远去的大佛，无限感慨。斗转星移，岁月沧桑，乐山大佛依然如故，庄严肃穆，三江汇流，日夜不息。从海通、苏东坡直到如今，社会发生了翻天覆地的变化。进入了信息时代之后，各种变化都在加快、加剧。亚洲金融危机之后仅仅十年，一场更强烈的金融风暴横扫北美，势必彻底改变全球金融格局。危机之后必然是更深刻的变革。经济前景充满不确定性。

　　弥勒崇拜在相当大的程度上意味着破旧立新，开创未来。弥勒佛代表希望和未来。每个人都有自己心中的弥勒佛。可是，谁来告诉我们，未来会发生什么？

武当山记行

二〇〇八年六月九日

姚广孝请出真武大帝是有深刻背景的。从道教出生之日起,基因里面就包含着革命的因子。

缆车飞越

不知道什么原因,我总觉得武当山远在天边,想了好久也没敢去。没料到武当山的交通如此方便。武汉到十堰的火车停靠一个小站,就是武当山。我们从老河口开车去武当山,新修的高速公路,一路畅通,十分方便。

武当山的管理井然有序。游人一律将车停在山下,搭乘管理处的客车上山。客车整洁、舒适,按时发车,调度有方。从一个景点到

图1 神仙境界武当山

另外一个景点，路标清晰，既安全，又环保。登山有几种选择，乘车到南岩或太子坡，爬山上去，或者先到琼台再坐缆车登顶。进山门票180元，包括景点之间的交通费。

我们选择了乘缆车直接登顶。车行半途，司机停车，招呼路边的两个人上车。一个人提个包，好像是进山的香客，另一个是管理区的工作人员。他掏出一叠车票，训斥道："没什么好说的，补票。只要进入景区就要买票，你绕路进来，属于逃票。不罚你就算客气了。"香客自知理亏，乖乖地交了钱。管理员补充说："缆车上山50元，如果你没钱，前面有条小路可以上金顶。"

我们排队上缆车时又遇见了刚才逃票的那位朋友，他手里也拿了张缆车票。我好奇地问："管理员不是说有条登顶的小路吗？"

他撇了一下嘴："休想骗我，那条路是好爬的吗？"

坐上缆车方才知道这位香客所言不假。武当山的缆车道很陡，从琼台到金顶，高差645米，几乎是从一个悬崖飞上另一个悬崖。

下了缆车，迎面四个遒劲大字——"一柱擎天"。大而言之，武当山拔起于鄂北群山之中，自然是擎天之柱。小而言之，在天柱峰上又飞来一块巨石，地势极为险要，好一个"一柱擎天"！

皇经堂用斋

随着人群逐级登山。

路上遇到一位挑夫，用登山拐杖支住扁担，正在擦汗。我问他："从哪里来？"

挑夫答："山下。"

"挑一趟挣多少钱？"

"20元。要挑够100斤，少一斤都不算。"

"上来一趟要多长时间？"

"4个半钟头。"他补充道："一天挑两次。"

"累吗？"

他边擦汗边说："没啥，惯了。"

挑夫黑瘦，个子不高，并不十分健壮，正是这些无名英雄挑出来一座巍峨的武当山。

在一个三岔路口处，往右继续登山，往左的路标指向皇经堂。犹豫之间，一位年轻的道士从山上下来，擦身而过。我下意识地随他走向皇经堂，其实并不知道前头有些什么。

我边走边问："师傅，请问武当山是天师道还是全真道？"

"全真道。"道士边走边回答。

"听说全真道不过黄河，可是武当山在湖北，是何原因？"

道士看了我一眼，很认真地回答："门户之见，并不代表道教的真传。"

"为什么天师道可以娶妻生子而全真道就不行？"我继续问。

"各有规章，修行的途径不一样。"走到一个平台处，他站定脚跟，很严肃地说："道教中也可能有一些人和事不那么理想、林子大了，什么鸟都有。就好像社会上有好人也有坏人，但是不能看见几个坏人就否定社会。"

我立刻就感觉到，这是一个追求理想、颇有造诣的道士，接连向他请教几个问题。正说着，只听得有人叫道："开斋了。"

道士说："如果不介意的话，欢迎你们在这里用膳。不过，我们这里不是饭店，没有荤腥。"

我连连道谢。

我的朋友丁家奎有点奇怪："现在还不到11点，你们就开饭了？"

道士微微一笑："我们出家人起得早。"

陪同的朋友怕怠慢了我，建议到山下比较高级的餐馆用餐。我连声道："就这里最好。我请客。"

众人随道士们进入餐厅。只见第一张饭桌上摆着粽子、稀饭、白糖，一块牌子上面写着："各位师傅，请用贡果。"恍然想起，头一天恰为端午节。把粽子称为贡果，还是第一次听说，也许是信徒奉献的？或者是先供奉真武大帝，然后再由道士们分享？

道士很客气地请我们在一张饭桌旁坐下，送来一叠饭碗和筷子。由于这里是道士们用餐的地方，自然没有服务员，如同自助餐一样，各取所需。四五十个道士陆续进来，分别从架子上拿着自己的饭盆，在厨房窗口前排队盛菜。只见几大盆菜，热气腾腾。有木耳炒瓜片、炒白豆、萝卜丝、豆腐干、香菇汤等，主食有白米饭和红枣馒头。虽说都是素菜，口味相当好。道士说："不要客气，吃饱为止。不过，请不要浪费，罪过。"

道士中有几位年长的已经须发皆白，颇有几分美髯公的韵味。大部分道士还年轻，似乎中学毕业后就上了山。有几位道士在吃饭之前将饭碗高举齐眉，祷告几秒钟，然后才开始进餐。他们认为吃的是十方供养，祖师爷的福报，特别虔诚。年轻的道士就像学校的学生一样，装了满满一大盆的饭菜，一会儿的工夫，风卷残云，扫荡干净。确实，每个人都没有浪费一粒米。

吃得差不多了，丁家奎一个箭步赶在我的前面，抢先付了账。他回来说："一个人8元，比学生餐厅还便宜。"

皇经堂海拔1600米，所有的东西都是挑上来的。缆车上山每位50元，而请农民挑100斤上山才20元。也许是由于收费太贵，没有看见缆车在运货，却看见好几个挑夫在崎岖的山路上艰难地攀登。吃饭时，主管伙食的道士指挥一位挑夫将两袋面粉挑上餐厅的阁楼。这位挑夫下来后端着一大碗饭，一大碗菜，坐在邻桌，狼吞虎咽，吃得倍儿香。

丁家奎悄悄说："他一个人吃的比我们两个人还多，同样交8元钱，真合算。"

我太太不同意："他挑上山要四个半小时，才挣20元，怎么舍得花8元吃饭？一定是道士们免费招待的。"

究竟谁是谁非，只见那位老乡正吃得津津有味，谁都不好意思打扰他。

午餐后，站在皇经堂前，满天云彩都飞到脚下去了。仰望天空，只有几丝淡淡长云。头一天的天气预报说，湖北要有一场十年一遇的大暴雨。从老河口出发前我说，听天由命，如果下大雨上不了山，就在山下转转。如果连山脚都到不了，就望着云雨，神游也罢。没想到，不仅没有下雨，天还放晴了，真是缘分。

图2　皇经堂前俯瞰世界

后来才知道，第二天，一场特大暴雨下到了山脚下的郧县。

金殿借书

从皇经堂出来，要再付20元才可以登顶。在这个地方别说收20元，就是加一倍，也很少有人拒绝支付。人们的目标是登上金顶，朝拜真武，不包括来武当山的旅费，进山门180元，缆车50元，这些都是沉积成本，最后支付的20元边际收益最高。如果拒绝支付，前面的费用岂不是白花了吗？

登顶石阶盘旋而上，道旁有铁链供人攀扶，上面挂满了各式各样的锁。游客们许愿之后，就将钥匙丢下深渊。成千上万把锁寄托了人们的愿望，也许是爱情，也许是平安，也许是对亲人的祝福。总之，铁链承载了太多的期望。就像希腊神话中潘多拉的宝盒一样，不管放出来多少鬼怪精灵，只要留下希望就好。

武当山方圆30多平方公里，以天柱峰为中心，有七十二峰、三十六岩、二十四涧、十一洞、三潭、九泉、十池、九井、十石、九台等胜景。我不知道有谁去查过这些数字，多少都无关紧要。从远处望去，武当山从群山当中崛起，山峰好像是凝固的火焰，火苗都朝向金顶，人们说这就叫作"七十二峰朝大顶"。

山不在高，有仙则名。武当山名气很大，第一，高峻险要，风景优美；第二，是真武大帝的道场，彪炳显赫；第三，和一个皇帝密切相关，他就是明成祖朱棣。

朱棣夺了侄子的皇位，最怕人家说他篡位。为了收拢人心，必须证明他坐天下是天命所归。于是，他在北京修建皇宫的同时，派了30万人，大兴土木，在武当山建成33个规模宏大的宫观建筑群，建筑总面积达160多万平方米。据说，北京故宫有9999间房子，朱棣要求在武当山也要有相等数量的房间。究竟修了多少，说不清楚。虽然未必一定要和北京的皇宫并肩，却远远超越了其他寺庙。

朱棣封武当山为"太岳太和山"，位列五岳之首。如果从自然环境来说，泰山雄，华山险，五岳各有千秋。如果从建筑来说武当山超越五岳，却很有几分道理。我的母校——华中科技大学建筑系教授张良皋先生在《中国建筑宏观设计的顶峰——武当山道教建筑群》一文中说："明朝称武当为太岳，名位在五岳之上……我们若试将武当山的建筑与五岳之首的泰山相比，泰山尽管历史悠久，建筑却非一气呵成，在总体上就先逊一筹。泰山的岱宗坊比之武当山玄岳门，东岳庙比之玉虚宫，碧霞元君祠比之紫霄宫，南天门比之太和宫，玉皇顶比之金顶，亦都要输分。其余四岳，远让泰山，更难与武当颉颃。"

在所有的名山大川中，只有武当山的山顶上有一圈"紫禁城"。通常只有皇上才敢用的名称，在这里毫不避讳，这就是武当山的霸气。朱棣识字不多，却非常敬业。既然决定修武当山，就一丝不苟，他抓得特别仔细。他下圣旨："今太岳太和山顶，砌造四周墙垣，其山本身分毫不要修动。其墙务在随山势，高则不论丈尺，但人过不去为止。务要坚固壮实，万万年与天地同其久远。故敕。"明成祖这段批文却写得非常清晰，有条理。比那些读死书的皇帝强多了。紫禁城有东南西北四座城门。实际上除了南天门之外，另外三座都在绝壁之上，只是个摆设，并不能通行。城墙或有二米多高，周长344米，无论是城门还是屋檐都用重达千斤的巨石雕刻而出，确实可以传之永久。

武当山绝顶高处有座金殿。高5.54米，阔4.4米，进深3.15米。屋顶为中国古建筑中规格最高的重檐庑殿式。窗棂门楣全部用铜铸构件铆榫拼合而成，重405吨。即使在现代技术条件下，也属于体积庞大的铸件。金殿的安装精度相当高，即使外边狂风暴雨，殿内蜡烛火苗依然纹丝不动。殿内神坛上端坐着真武大帝，左金童，右玉女。坛前设香案，置供器。神坛上方是康熙皇帝手迹"金光妙相"。

金殿修建于永乐年间。所有部件在北京铸好之后，用船运到南京，再溯流而上，经武汉进汉江，几经转折，运上1612米的绝顶。试想，徒手爬上金顶都费劲，当年为了将这些巨大的铸件抬上天柱峰顶，要动员多少人工？

全部由铜件铸成的金殿至少有三处。一座在昆明，是吴三桂镇守云南时修的。可惜，由于吴三桂反复无常，有亏气节，拖累了昆明金殿的名声。还有一处在北京颐和园，慈禧太后时修的。清代的工艺水平肯定要比明朝强，可是从文物角度来看，相差了几乎500年。武当山的金殿才是老祖宗。

在金殿中供奉真武大帝的铜像，被发跣足，黄袍衬甲，体态丰润。据说这尊铜像和朱棣本人非常相似。完全可能。据说，大同云冈石窟的佛像隆准深目，是摹仿魏太武帝拓跋焘塑造的。从洛阳龙门石窟的佛像可以推测武则天的脸型。明代的工匠们有谁见过真武大帝？塑造得有几分像当今皇上，哪个敢说个不字？如果不是他自己的替身，朱棣用不着在永乐十四年亲自下令："今命尔等护送金殿船只至南京。沿途船只务要小心谨慎，遇天道晴明，风水顺利即行。船上要十分整理清洁。钦此。"

我登上金殿，一眼就看见刚才在皇经堂和我交谈的道士。虽说刚分手一会儿，却好像多年故交。我抓紧机会又向他请教几个问题。他说："我借给你本书看看。"

他交给我一本清代黄元吉注解的《道德经》。他说："关于《道德经》的书很多，唯独这本最好。"

他看出我的惶恐，便说："你看完之后寄回给我就可以了。"在书后他写下地址——"武当山道教协会杨政全"。

我道谢不已，杨政全有几分遗憾地说："可惜，时间有限，不能和你切磋。我还有本书要借给你，能否在此等候，我去丹房取了就来。"

说罢他飞也似地从后山跑下去。不一会儿，杨道士拿着一本《道教大辞典》回来，放在我的手中。辞典很重，情谊更重。

南岩龙头香

南岩宫修建在悬崖绝壁上，颇具特色，远远望去有点像恒山的悬空寺。主体建筑天乙真庆宫，建于元朝，永乐年间扩建。包括梁柱、门窗在内，都以青石雕凿，异常精美。武当山的石雕体积都很大，暂且不说工艺水平如何高超，在没有重型起重设备的情况下，如何搬运这些巨石就是一个大问题。

图3 遥看南岩

南岩宫最具特色的是龙头香。一根石梁,横空挑出,长约3米,宽0.33米,全石雕成一条龙,昂头傲对武当金顶。在龙头上雕刻着一个小香炉。有条铁链拦在前头,牌子上写着"禁烧龙头香"。手扶铁链往下看,脚下万丈深渊,令人头晕目眩。设计龙头香的人实在有创意。敢于踏过这三米去烧龙头香的人不仅需要万分虔诚,还要有无比勇气。据说,许多烧龙头香的人坠渊丧命,更增添了龙头香的挑战性和神秘感。龙头凭空伸出去三米,要做到坚固稳重,石柱需要至少伸进悬崖五米以上,真想象不出来当年是如何将这么大的石梁搬上来,又如何插进石壁。要创造一个奇迹,不仅需要有前无古人的创意,还要有实现创意的手段。我们的祖先实在了不得。

几位工作人员,坐在龙头香旁边,桌上摆着一摞硬币。他们满脸笑容地说:"往前走,敲敲钟,敲响三声,招财进宝。"在木栏杆后的石壁上挂口钟,在钟前一米左右悬挂一个木刻的铜钱,直径大约半米左右。只有穿过铜钱的方孔,投掷的硬币才能击响后面的铜钟。从满地散落的硬币看来,希望发财的人还真的不少。我和朋友们面面相觑,苦笑道,为什么当今的人们如此没有创意?肤浅浮躁,愧对祖先。

图4 凭谁敢烧龙头香

紫霄论道

　　紫霄宫坐落在展旗峰下。一进山门就觉得眼熟，说不上有多少电视连续剧曾经在这里拍过外景。顺山势分五级而上，龙虎殿、碑亭、十方堂、紫霄殿、父母殿，鳞次栉比、主次分明。紫霄殿，木构建筑，建在三层石台基之上，始建于北宋，明永乐年间重建。这种抬梁式大木结构的道教建筑在中国古建筑中屈指可数。

　　大殿内部，雕梁画栋，富丽堂皇。正中供奉的神像，泥塑彩绘贴金，高4.8米。有人说这是玉皇，理由是真武大帝的形象都是披发跣足，这尊神像怎么身穿龙袍，头戴冕旒皇冠？

　　人们一般都知道《西游记》，讲的是唐僧师徒西天取经的故事，岂不知还有《北游记》《东游记》和《南游记》。《北游记》主要讲真武大帝的故事。据说，他正在洗头时，天使来宣读封爵诏书。他急忙穿戴，天使说不必变动，保持现状，这是天命。我猜，在正式礼仪中真武大帝理应穿上礼服。端坐在紫霄宫正殿上的一定是真武大帝，要不然武当山还怎么是真武道场？

紫霄殿大殿的屋脊之上，覆盖着孔雀蓝琉璃瓦。正脊、垂脊和戗脊皆以黄、绿两色为主，镂空雕花。六条三彩琉璃飞龙托起中间的宝瓶。也许是为了在视觉上稳重起见，在房顶上由四个陶塑儿童用铁索拉住宝瓶。老百姓认为，说得好听一点，由于他们的位置比殿里供奉的主神还高，该叫"神上神"。说得不好听，长年累月风吹日晒，该叫他们"苦孩儿"。

从紫霄大殿出来，门口的道士指着后面说："还有父母殿。"经过东配殿时看见一位道长正在接待客人。他身后的书架上有不少出版物，不由得心头一动，还有几个问题要向高人讨教。

父母殿的一层正中供奉真武大帝的父母。我想，没有必要过多地追究神灵的来历。连观音菩萨都"虽善无征"，何必拘泥出身。看起来，道教和儒家的关系特别密切。按照儒家传统，敬父母的孝道万万不可放弃，于是，道士们给真武大帝续上家谱，说他是净乐国的太子。其实，大可不必。谁知道老子的父母是谁？王侯将相，宁有种乎？

左面神龛供奉着观音老母和她的两位同事——文殊和普贤。模样和服饰都和佛寺中一样，只不过在这里不叫菩萨叫老母。对于老百姓来说，称观音为老母也许更亲切一点。在右面供奉七位女神，手里捧只眼睛的叫眼光娘娘，她保佑小孩聪明、智慧。持笔的叫紫三姑，据说是唐代才女（莫不是上官婉儿？），保佑小孩会念书。有送子娘娘、痘疹娘娘、接生娘娘、保胎娘娘，总之，人间的农耕、商贸、婚姻、家庭、健康、安全，甚至出门旅游，等等，都有神灵保佑。道教关注民生，于此可见一斑。

由楼梯登上二层，这里供奉许多神仙，当中是道教中的四御，玉皇大帝位列其中。通过一个很小的楼梯，上到顶层，这里才是"司令部"，供奉着三清：元始天尊、灵宝天尊和道德天尊。地方虽小，却代表着最高权威。

从父母殿出来，拾阶而下，经过东配殿，里面已经空无一人。

我问门口的小道士："道长在吗？"

小道答："会长送客去了，马上就回来。你预约了吗？"

我笑道："没有，一切随缘。"

果真有缘，转眼之间，一位道长迎面而来，目光炯毅，颔下一副长髯，好一派仙风道骨。他招呼我们坐定下来，恍惚间似乎老早就见过面。他就是武当山道教协会的会长李光富。

小道奉上香茶。武当山盛产好茶。游览车在山中盘旋时，一层层茶园贴身相随。路旁推销"武当道茶"。喝一口，确实不错。可是，无论如何也比不上在紫霄宫内李道长的茶。

我手指着紫霄大殿的匾额请教道："始判六天是什么意思？"

李道长说："六天就是六道轮回。"

我惊讶道："六道轮回是佛教的主张，道教也信吗？"

李道长从容地说："天人合一，三教同源，道教的特点就是能够兼容并蓄。"

在紫霄殿前有一联："跣足云为履，游三界，踏破真空，佛号西方无量。披发天作冠，荫九州，覆冒实境，道称北极至尊。"披发跣足本是真武大帝的形象，他拿云为履，以山为冠，贯通精神和物质世界，兼修佛道，何等肚量，何等气魄！

李肇星博学多才，从外交部部长的位置上退下来之后，来武当山玩，他问李光富："用一句简单通俗的话概括道教思想，应该怎么说？"李道长脱口而出："天人合一，健康快乐。"话虽不多，却很有道理。我记得马克思曾经说过："宗教本身是没有内容的，它的根源不在天上，而在人间。"信徒心目中有什么，宗教就是什么。"天人合一，健康快乐"，不正是我们所追求的目标吗？

我和李道长一见如故，指点江山，谈古论今，相谈甚欢。同行的朋友几次进来提醒时间安排，才打断了他的话头。我获益匪浅，再三道谢。李道长从书架上取书相赠，一直把我送出大门。

和尚和道士

在紫霄宫，我问："我有一个问题不知问得问不得？"

李道长说："尽管问，不妨。"

"明成祖朱棣修建武当山，他的谋主是姚广孝，十四岁就出家为僧，是著名的道衍和尚。他为什么不在佛教中选一个护法神来帮助朱棣，偏偏选中了道家的真武大帝？"

"这正说明道教兼容并蓄，并不在意门派。"老道如此回答。目光交汇之中，双方都有共识，不好点破而已。

姚广孝是朱棣的首席谋士，相当于刘备阵营中的诸葛亮。朱棣起事之前，南京中央政府的建文帝决定削藩，朱棣心有不甘，却胆气不足。姚广孝力劝朱棣造反。

朱棣问："民心向着中央政府，怎么办？"

姚广孝的回答干净利落，讲什么道理？"臣知天道，何论民心。"

朱棣决定起兵。一阵大风刮来，吹落了檐瓦。朱棣脸色大变，群臣也都认为是不祥之兆。姚广孝大声说："好兆头！飞龙在天，从以风雨。瓦堕，将易黄也。"

在朱棣祭旗誓师之际，突然狂风大作，天昏地暗。姚广孝指着天空说："神将显灵。"

朱棣忙问："是何神？"

姚广孝回答："我的老师真武大帝。"

君臣两个一问一答，好比双簧，别人哪里还敢说个不字？

你看看，这个和尚何等厉害！

朱棣起兵，号称"靖难之师"。姚广孝在朱棣军中，运筹帷幄，屡出奇招。他不按照规矩出牌，却总能占据先机。战争之初，朱棣的人马连连吃败仗，军心动摇。每当朱棣军队在战场上失利，军心动摇的时候，姚广孝就装神弄鬼，声称真武大帝显灵，空中有真武二字的旗帜。信不信由你，反正转败为胜了。

姚广孝，苏州人。他是个僧人，却追随灵应宫道士席应真学习道家《易经》，同时还兼修方术及兵家之学。他善诗文，对儒、道、佛诸家之学门门精通。夺取天下之后，姚广孝是第一功臣，明成祖要封他做大官，他却坚持继续当和尚。出主意修武当山的人当中必定有他。姚广孝晚年主持《永乐大典》《明太祖实录》等书的修纂，是个大学者。他活到84岁，寿终正寝。姚广孝造反究竟图的是什么？也许他什么都不图，就是追求一种成就感。也只有这样的人才有魄力请出真武大帝来帮忙。

在武当山文昌殿有一楹联。

见千百年法眼，看破古来英雄豪杰，大富贵原非命，真造化不论出身，无一点文章，未许夸谈将相。

现九十八化身，历尽人间显晦升沉，老头巾莫怨天，犹后生休惊俗气，有六经实学，自然唾手功名。

这副楹联鼓励年轻人不要认命，不要顾忌出身，要有真才实学。用在姚广孝身上倒也妥帖。

实际上，姚广孝请出真武大帝是有深刻背景的。从道教出生之日起，基因里面就包含着革命的因子。道教的最重要的经典是《道德经》，头一句话就是"道可道，非常道"，讲的就是世界处于永恒的变化之中。用变化的观点来看问题就是人们常说的辩证法。东汉末年张角借《太平经》创建了太平道，十几年就聚集数十万信徒，遍布山东、河南、湖北、河北，主张"苍天已死，黄天当立"，闹出一场轰轰烈烈的黄巾起义。在黄巾起义失败之后，张道陵创建五斗米道，他的孙子张鲁割据汉中，在管辖地域内政教合一，推行原始共产主义。后来，张鲁降曹操，他的后代回到江西龙虎山，开创了天师道。

在所有的宗教中，道教的理论最容易和改朝换代结合在一起。儒家讲究三纲五常。佛祖强调尊卑有序。孙悟空本事再大也跳不出如来佛的手心。《道德经》讲辩证法，提倡对立统一规律。道教坚定地认为，世界是在不断地变化，必须与时俱进。道教只要还奉《道德经》为主要经典，就很难成为彻底的主观唯心主义宗教。

在三国和两晋时期，出现了许多类似太平道的民间道团，聚众造反。道教流传于民间，多神崇拜给予人们非常广阔的想象空间。每当天下动乱、灾祸横行的时候，就会有人抬出太上老君，号召民众，呼吁改朝换代，营造新的太平世界。很遗憾，以道教为号召的农民起义没有一次取得成功。其实，即使成功了，新登台的皇帝也要防止道教再被其他人用来颠覆政权。真武大帝被朱棣钦定为明朝皇室的保护神。后来，明朝历代皇帝即位时都要派钦差到武当山祭告真武大帝，他们的用意很明显，千万别弄错了保护对象。

道教是什么

长期以来我一直在困惑，道教是什么？

有人说，与其说道教是宗教还不如说是一种文化。此言有待商榷。成熟的宗教一般需要有比较一致的基本教义、最高经典、崇拜对象、信仰仪式和教团组织。仔细推敲，道教具备所有这些条件。

宗教一般研究三个关系，人和精神，人和自然，人和自身。

在物质和精神关系中，道教推出了最高的神，崇拜三清。

在人和自然的关系中，道教有自己独特的创世说，提倡天人合一，道法自然，以"道"为信仰中心。《道德经》中的哲学辩证法超过了其他宗教绝大部分经典。

道教提倡人的自身修炼，提供了各种健身养生之道和成仙的希望。道教主张淡泊名利，求真务实。生而不有，长而不宰，为而不恃，功成不居。道教的神学、哲学和仙学具有非常鲜明的中国特色。这也就解释了道教历经几千年风雨，几度辉煌，几度衰败，却依然能够存在的道理。

道教有本《老子化胡经》，说老子出函谷关之后到了印度，变成了释迦牟尼。佛祖就是老子的化身。有些和尚接受不了，他们认为倘若如此，道教岂不是成了佛教的祖宗？其实，用不着争这个辈分，谁学谁都没关系。从理论上来讲，佛教确实比道教要强一些，但是从接近民众、贴近国情上来说，道教又有许多佛教赶不上的地方。相互融合才是双赢。

不过，道教的缺点也毋庸讳言。道教有教主，可是三清真人和下属的关系却并不清楚，缺乏明确的授权，委托代理关系不够规范。例如，真武大帝在三清面前接受了什么委托、代理什么职责都没有很清楚的界定。在相当大的程度上真武大帝好像是开了一家独资公司。

道教的神学经典也不到位。基督教有《圣经》，伊斯兰教有《古兰经》，无论各个教派如何解释，但是都不能离开这些基本经典。尽管道教的经典文献汗牛充栋，最基本的是《道德经》。《道德经》是部伟大的哲学著作，却很少谈及精神世界。

道教是多神崇拜，而在各个神灵之间，难免关系错综复杂，互不相属，分工不那么明确。道教的两大流派，天师道有系统的组织，却缺少严格的戒律。全真道有严格的戒律，却缺少一个组织和传承体系。

不过，道教一向具有革新精神，与时俱进。特别是全真道的创新精神和自我调节功能很强。如果能够出现一些大师级的人物，再度革新，在道教的理论体系上下一番整顿工夫，道教也许能够在剧变之中得到新的发展。道教要出一个王重阳这样的大师，重整纲纪，健全理论体系，才能更上一层楼。

目前，中国正处在一个非常特殊的时期。旧的信仰受到挑战，而新的信仰迟迟未能建立。对于许多80后的人群来说，似乎处在一个信仰真空状态。如果什么都不信，只信钱，麻烦就大了。有一个信仰，起码给人们一点希望，给困惑一个求解的机会，给失落一点依托，给焦虑和恐慌一点安慰，给愤懑一个发泄的渠道。人们将自己不能控制的东西交给一个可以依托的对象。不管这个依托是如何虚无缥缈，总比什么都没有要好。最近，无论是道观还是佛庙，香火都特别旺盛。许多人不管见到何方神圣，如来、观音也好，太上老君、耶稣也好，孔夫子、关老爷、文昌帝君也好，哪怕是土地爷、灶王奶奶，只要见到神灵，倒头就拜。这些人徘徊在精神和物质之间，迫切需要帮助。道教作为本土宗教，贴近平民，具有基层号召能力，需要认真总结一下，扬长避短，在未来的精神建设中发挥积极的作用。

木兰花
2008年6月9日登武当山

汉水望断，

金殿脚下残云乱。

七十二峰争俯首，

一柱擎天，

笑傲湖广川陕。

紫金城头，

松涛犹记，

六百年前。

北建太和殿，

南修太和山，

三十万人洒血汗。

声号崖裂，

踵磨石穿。

雕梁玉砌，

飞檐楼阁，

不忍看，

断壁残垣，

转瞬之间。
留得紫霄庄严,
神鸦社鼓香燃。
凭谁问英雄出处,
成祖圣明阿瞒奸。
是非愚贤,
全仗后人评点。
武当不老,
龟蛇无言,
却将浮华看淡。
星移斗转,
豪气依旧人间,
几人暮鼓黄卷,
几人挑灯看剑。

永乐宫记行
二〇〇八年六月十八日

全真道主张儒、佛、道三教合一。吕洞宾就是三教合一的典范。

墙内开花墙外红

北京奥运会期间，许多运动健将说，世界上最难的就是战胜自己。其实，别说战胜自己，就是了解自己也不那么容易。

在西方美术史教材中只要谈到中国古代艺术必然提到山西双林寺的雕塑和永乐宫的壁画，无不给予极高的评价。奇怪了，知道这些艺术宝库的中国人寥寥无几。更不公平的是，许多中国人知道文艺复兴时期艺术大师达·芬奇（1452—1519年）、米开朗基罗（1475—1564年）、拉斐尔（1483—1520年），却很少有人知道比他们还要早100多年的中国艺术大师的姓名。

中国人往往对本民族的历史成就缺乏认识，在很多情况下，要老外提醒。在上个世纪初叶，不少中国的读书人让外国的坚船利炮整得没有一点脾气，从妄自尊大掉到另外一个极端，莫名其妙地妄自菲薄，崇洋媚外。还是英国人李约瑟第一个站出来，正确评价了中国科学技术发展历史。同样，能够比较客观、正确地评价中国绘画、雕塑、民间艺术的也是外国人。

很久以来，我就盼望着有机会去看看双林寺和永乐宫。

2007年8月，我在临汾讲课之后抓紧机会，直奔双林寺而去。山西是个好地方，左手太行，右手吕梁，在两座大山的怀抱中，相对封闭。大自然在厚厚的黄土层上刻出来一条条深沟，有些地方隔沟对面看得见，会面走路要一天。正是由于交通不便和天气干燥，山西地面文物古迹之多，在全国乃至全世界都极为罕见。

双林寺位于平遥西南约十公里。从临汾出发，沿着运城到大同的高速公路疾驶，仅一小时许就看到了平遥出口。因为改革开放三十年的成果，山西的高速公路系统非常发达。一座座桥梁飞跨黄土深沟，大大缓解了交通不便。下高速公路之后，在乡间土路上转了好久才来到双林寺。只见双林寺前停了一辆旅游车，一大群老外在唐代雕塑面前发出一阵又一阵由衷的赞叹。可是，来参观的中国人屈指可数。有的游客给观音菩萨上炷香之后就不知去向。难道当今中国人真的不懂得艺术吗？

双林寺名不虚传，塑像的艺术水平之高让人匪夷所思。闲坐在莲台上的观音是那样雍容华贵，侍女是那样婀娜多姿，韦陀将军是那样威风凛凛，就连那些配角也都塑造得活灵活现，栩栩如生。泥塑力士面目狰狞，好像透过衣服可以看到一块块肌肉，甚至听到骨节嘎嘎作响。不由得让人佩服得五体投地。

图1 双林寺的力士像

有人批评，国画中的人物很不讲究解剖学的结构。有人解释，儒家传统文化限制了对人体结构的了解。难怪中国人常说"画人画虎难画骨，知人知面不知心"。还有人解释说，国画倾向于写意，西洋画派主张写实。

国画中的山水、人物都来源于现实，高于现实，不必斤斤计较比例和细节。也许他们说的都有些道理，可是如果到双林寺和永乐宫走一趟，就知道这些话统统是瞎子摸象，"不识庐山真面目，只缘身在此山中"。如果中国人不懂解剖学，怎么会塑造出这样生动的形体？有双林寺和永乐宫在，哪个还敢说古时候的中国人不懂得解剖学？

绕道风陵渡

步出双林寺时，我就下定决心，一定要去永乐宫看看。双林寺刚好在主要交通边上，永乐宫却在山西芮城南方的永乐村，地理位置比较偏僻。1958年三门峡水库施工前，整体搬迁到芮城北方古魏城遗址。

2008年6月8日，在运城讲课之后，我立即出发去探访永乐宫。查看地图，从运城有两条路去芮城。山路近一点，另一条要绕道经过永济、风陵渡。司机说，山路正在维修，走不得。绕道风陵渡，别看远点，路好走，只怕还更快。

车过风陵渡，我请司机停一下。站在渡口举目远望，黄河由北而来，到这里转了一个九十度的大弯，一直向东，奔向大海。风陵渡在历史上非常有名，据说是黄帝大战蚩尤的古战场。黄帝在这里被大雾所困，幸亏宰相风后发明了指南针，辨别方向，突出重围。风后阵亡之后，安葬于黄河岸边，称为风陵，邻近的渡口起名叫作风陵渡。

风陵渡位于山西、河南和陕西三省交界。按说"鸡鸣一声听三省"的地方并不少，可是多数在崇山峻岭之中，人迹罕至。唯独风陵渡位于交通要道，过河十余公里就是潼关，穿过潼关，一条大路直奔古都西安。从秦汉、三国一直到近代，数不清在潼关附近打过多少仗。难怪风陵渡在史书上留下来那么多的记录。如今，一座大桥飞越黄河，车来车往，异常繁忙。除了在桥头有座纪念碑，山岩上有一组山西风光的浮雕之外，看起来风陵渡和寻常路口没有什么不同，有谁知道在这里上演过多少轰轰烈烈的故事？

王重阳和全真七子

过了风陵渡，沿着黄河东进。顺着地形，上坡下坡，左弯右绕。只有在县级公路上走上一阵才知道高速公路的好处。从地图上看看，直线距离只有10公里，也许跑了20公里还没到。

车过芮城，迎面扑来阵阵仙气，路边的广告在推销洞宾酒，刚过洞宾饭店又是洞宾大酒楼，还有路标指明，前方数百米是洞宾山庄，洞宾度假村……不用问，芮城是吕洞宾的家乡，大名鼎鼎的永乐宫是吕洞宾的祖庭。吕洞宾在民间的名气很大，与铁拐李、汉钟离、蓝采和、张果老、何仙姑、韩湘子、曹国舅并称为"八仙"。自古以来老百姓对他崇拜有加，妇孺皆知。有些人甚至将他和观音、关公并称为"三大神明"。

山西各级地方政府非常重视开发旅游资源。近年来永乐宫被不断扩建、修整一新，规模比一般的道观大了许多。从正门进去，小桥流水，亭台楼阁。天下公园，大同小异，唯有道路尽头的永乐宫才是独一无二。永乐宫的主体建筑排列在三条500多米长的中轴线上。中路排列着山门、龙虎殿、三清殿、纯阳殿和重阳殿等主体建筑。西路有披云道院、吕祖祠、报功祠，三官殿、城隍庙。东路有真武庙、财神庙等。还有一大片古色古香的建筑，如今住满了来永乐宫实习的美术学院师生。

跨进山门，迎面是龙虎殿。但凡庙宇、道观都有保护神，在佛教庙宇中看门的是四大金刚。永乐宫精兵简政，减员一半，只有左青龙、右白虎两员大将看门，安全系数不见得差。

三清殿是核心建筑，供的是道教的最高神——元始天尊、灵宝天尊和道德天尊。

吕洞宾号称纯阳真人，纯阳殿自然属于他专用。在三清殿和纯阳殿之间有甬道相连，好像北京故宫中三大殿之间有高台联结一样。如此安排，明显地突出了吕洞宾在道教中的地位。

重阳殿安排在最后，是纪念全真道祖师王重阳（1112—1170年）的地方。王重阳和他的七个弟子亲亲热热，排排坐，好像是道教大会的主席台。

永乐宫的布局很有意思，从虚幻的三清到半真半虚的吕洞宾，再回到现实中全真道的创始人和全真七子。

在金庸的武侠小说中，王重阳武艺高强，他的住处叫"活死人墓"，异常神秘。小龙女和杨过曾经在这里练过武功。其实，王重阳只不过是一个普通的道士。他生于乱世，看不到前途，于是愤世嫉俗，佯狂装癫。他在陕西终南山下造了一间茅庵，挖了一个三米深的大坑，自称是"活死人墓"。你想想，一个穷道士哪里有那么多的钱来投资？哪有本事在洞穴内安置那么多机关？无非是挖个坑，蹲在里头。权当我是个死人，请别来打扰。我死都不怕，还怕什么？

道教是纯粹的中国本土宗教，王重阳和基督教的马丁·路德一样，发动了一次宗教革命。他是个第一流的学问家，学贯古今，通晓儒、道、佛。王重阳提出三教合一，主张无论什么出身，文化水平，只要坚持修行，人人都可能修行得道。他简化道教的礼法规章，反对形式化的宗教仪式和画符驱鬼，主张俭朴的自我修炼，努力将道家学说从一味装神弄鬼、偶像崇拜的客观唯心主义提升到修炼心性的主观唯心主义。

他开创的教派被称为全真道，很快就风靡大河上下。只有江南的道教还遵照老传统，归龙虎山天师府统领。天师道声称，没有天师府发放的符箓就调不动鬼神，纯属假冒伪劣。可是，全真道根本就不买账，自成体系，在理论高度上超越了天师道，终于成为和天师道势均力敌的大教派。王重阳成功的关键在于他有七个好徒弟，也就是历史上有名的"全真七子"。其中最有影响是丘处机（1148—1227年）。他在全真道中开创了龙门派。龙门派有三大祖庭：山西芮城县永乐宫，陕西康县重阳宫和北京的白云观。王重阳葬在陕西户县祖庵镇，元太宗忽必烈将王重阳的道观封为重阳万寿宫。全真道将万寿宫尊为祖庭，合情合理。白云观是丘处机的根据地，选为祖庭也有道理。永乐宫由吕洞宾而来。王重阳和丘处机实有其人，对道教的发展具有卓越的贡献。吕洞宾是什么人？为什么全真道选择了吕洞宾？

为什么选择吕洞宾

吕洞宾，原名吕岩，号纯阳子，出生于今芮城县永乐镇招贤里。他的出生年月有多个版本，有些碑文记载，他出生于唐德宗贞元十二年（796年）。还有人考证，吕洞宾可能出生在810年前后。按照北宋年间出版的《雅言杂载》，吕洞宾在唐咸通初（860年）考取进士。宋朝距唐代不远，可信度比较高。也就是说，吕洞宾中举时少说50岁，没准更老一些，64岁。那个时候人生70古来稀，一般人也就活个50岁左右。吕洞宾好像《儒林外史》中的范进，考啊考啊，稀里糊涂地把一生黄金岁月都搭进去了。

吕洞宾中进士之后有没有当官？史书上没有记载，残存的几块碑文上也没说清楚。显然，一个人已经过了退休年龄，仕途渺茫，压根没戏。《雅言杂载》上说，吕洞宾"携家隐于终南山，学老子法"。也就是说，他很快就散尽家产，跑到深山老林修道去了。有人从残碑所刻《吕洞宾自传》中找到几个字，"吾得道，年五十"，从另外一个角度证明，吕洞宾在五十岁以后才去修道。

从经济学角度来看，读书是一种人力资本投资。投资就要讲究回报。一般地说，大学毕业的工资要高于没读大学的。除了知识和技能上的差距外，也反映出人力投资的回报。如果读了好多年的书，一点回报都没有，还有谁肯吃十年寒窗之苦？家长要求子女多读些书，其实有个小算盘，如果将来每个月孩子的工资都高一点，一辈子下来，差距可就大了。不过，人的天分各不相同，有些人不是读书的料，无论条件有多好，死活读不上去。既然如此，天下三百六十行，念不了书就干点别的好了。没有必要非吊死在一棵树上。假定有人死心眼，非考上大学不可，一口气考到50岁，就算考上了，还有什么用？拿到录取通知书时，固然了却一个心愿，却发现已经没有取得回报的机会，岂不是当头一棒？说不定真的会像范进中举一样神经错乱。吕洞宾是否也受过巨大的刺激，无从判断。不过，在中举之后很快抛家舍业，隐居修行，肯定经历了一番撕心裂肺的思想斗争。

据说吕洞宾先后在山西中条山和江西的庐山修道。赫赫有名的庐山仙人洞就是吕洞宾炼仙之地。吕洞宾游历的地方很多，在江南三大名楼（黄鹤楼、岳阳楼和滕王阁）当中起码有两处和吕洞宾有关。"吕洞宾三醉岳阳楼"是一出很有名的戏。吕洞宾有诗："黄鹤楼前吹笛时，白蘋红蓼满江湄。衷情欲诉谁能会，惟有清风明月知。"给黄鹤楼增添了几分仙气。在永乐宫的壁画中出现了元代以前的黄鹤楼，为今人重修黄鹤楼提供了重要的参考信息。

究竟吕洞宾到过什么地方？没有必要去考证是非真假。只要有名人，就自有人来附会推演，衍生出更多的故事来。对于民间流传的故事，只要好听，劝人为善就可以了，用不着较真。在近年开发的景点中，人们编了种种故事，将山川人格化，只要不是太俗，姑妄听之。古往今来的民间故事不就是这样产生的吗？

按说吕洞宾念了好多年的书，学问不错，他留下来了什么著作呢？

很遗憾，无论是在《道家十三经》还是在其他文献中都找不到吕先生的学术论文。有套《吕祖全书》，其中多为后人伪托之作。在《全唐诗》和《道藏》中发现一些署名吕洞宾的诗。其中有一首在《水浒传》和其他明清小说中频频出现："二八佳人体如酥，腰间仗剑斩凡夫。虽然不见人头落，暗里教君骨髓枯。"没料到竟是吕神仙的大作。

虽然史料中关于吕洞宾的记载很少，可是民间传说很多，也很浪漫。据说，钟离权在长安酒肆中遇见吕洞宾，给他一个枕头，吕洞宾昏昏沉沉作了一个黄粱美梦，醒后看空一切，要求修炼得道。要成仙可没有那么容易，钟离权用各种方法十试吕洞宾。在生、死、财、色的诱惑下吕洞宾毫不动心。通过考试之后，钟离权在终南山鹤岭洞室收吕洞宾为徒，授以内丹道要。

别看吕洞宾在科举考试中不顺，考到五十来岁才过关，可是学习道术却特别灵光，一学就通，甚至无师自通。他师从火龙真人，学习"天遁剑法"，一斩贪嗔，二斩爱欲，三斩烦恼，很快就成了文武全才，仗剑行走天下的大侠。

全真道主张儒、佛、道三教合一。吕洞宾就是三教合一的典范。他是儒生，精通三坟五典，百家学说。他是个不折不扣的道士，修习方术，得道成仙。他发誓度尽天下众生，乐于施舍，体现了佛教的思想。

不过，吕洞宾完全不同于一般的僧人、道士和儒家学者。在一般人心目中，神仙大多不食人间烟火，而吕洞宾好酒能诗爱女色，有吃有喝有玩，一样都没有耽误。他身兼剑仙、酒仙和诗仙，行医济世，游侠仗义。别的神仙都是找一个人迹罕至的地方躲起来，静心修炼，唯恐外界打扰。唯独吕洞宾，哪儿热闹就去哪儿。据说吕洞宾奉行大乘道教，以慈悲度世为成道途径。他发誓要度尽天下众生，方愿上升仙去。这个志向和佛教中的地藏王菩萨有几分相似。可是，天下众生，无穷无尽，吕洞宾如何度得完？若要遵守诺言，恐怕他永远不能成仙，只能老在人间转悠。

吕洞宾的故事特别多，生动活泼，有声有色，甚至在一些地方戏中形成了"洞宾"系列。吕洞宾除了救苦救难，飞剑斩黄龙等英雄壮举之外，还出入于酒楼、茶肆、戏院，潇洒风流，吃喝玩乐，放浪形骸，不拘小节。"吕洞宾三戏白牡丹"（白牡丹为名妓），是坊间非常流行的戏剧。他从来不缺钱花，从来不担心寂寞，从来不受礼节章法的约束。他不归官府管辖，不交税纳粮，不用当差服役，最重要的是无论他干什么都从来没有危险。

所谓神仙无非是人们思想的倒影。与其说吕洞宾是神仙，还不如说他是那些在科举考场中落魄失意文人心目中的榜样。他们花费几乎毕生精力，在枯燥乏味的八股文中挣扎，累死、苦死、烦死。他们在巨大的压力之下很容易产生一种幻想，如果有朝一日能够像吕洞宾那样超脱人世，既隐居山林又出入闹市，既长生不老又照样享受人间乐趣，还要读什么书，中什么举？在很大程度上吕洞宾就是这些民间文人给捧起来的。他们按照自己的理想模式来塑造吕洞宾，酒、色、财、气，一样不少。失意文人（放在今天肯定是一伙活跃的网民）干不了别的，他们没钱，没权，但是他们不缺想象力。他们没资格进翰林院，轮不上他们编写记传，恐怕连一般官府的文书都不让他们插手。他们将自己难以实现的理想寄托在吕洞宾身上。一代又一代，终于塑造出一个和传统礼教完全异类的神仙。不必去追究吕洞宾故事的真实性，这些仙迹不过是古代知识分子的一个梦。

民间有句俗话："狗咬吕洞宾，不识好人心。"在纯阳宫的壁画上描述了这个故事。吕洞宾化作一个乞丐要饭，看门的黄狗汪汪叫个不停。主人赶出来赔礼道歉："别介意，您要什么我一定办到。"吕洞宾说："我要吃这只狗，你能做到吗？"主人无奈，只好杀了狗，烧好了送给他吃。吕洞宾毫不客气，把狗肉吃了个干净。主人心痛不已，强作欢颜，将酒足饭饱的吕洞宾送出大门。吕洞宾一招手，黄狗竟完好无损地从池塘里爬了上来，转眼之间吕洞宾已经不知去向。主人知道是吕祖降临，万分感慨地对着黄狗说："狗咬吕洞宾，不识好坏人。"显然，这个故事是替叫花子撑腰。别狗眼看人低，来个要饭的，你怎么知道他不是吕洞宾？也千万不要小看残障人士，缺胳膊断腿的说不定就是铁拐李。

凭谁修建永乐宫

吕洞宾是唐代人，不仅在生前默默无闻，就是到了宋朝也并不显赫。1119年，痴迷道教的宋徽宗不过敕封吕洞宾为"妙通真人"。当吕洞宾被提升为真人时，王重阳刚7岁。30年后丘处机才出世。直到丘处机成名之后，吕洞宾的地位才节节上升。1223年，丘处机不远万里去西域会见成吉思汗。成吉思汗对他大加赞赏，下诏尽免全真道赋税差役，发给丘处机虎牌、玺书，授命统领天下道教。丘处机手眼通天，本事很大。他不忘师恩，尊崇王重阳。除此而外，还上溯200多年，为自己的龙门派找到了一个祖师爷——吕洞宾。树立了吕洞宾的光辉形象之后，全真派在基层知识分子中取得了广泛的支持。

1269年元世祖封吕洞宾为"纯阳演正警化真君"，1310年加封"纯阳演正警化孚佑帝君"。由真君到帝君，不知道升了几级？在民间文人和官方的共同努力下，吕洞宾很快就被塑造成为颇具特色、颇受欢迎的一位尊神。

尽管吕洞宾已经名扬四海，可是要修建一座专用的祖庭也绝非易事。不仅要有金钱和时间，还要请到绝顶的艺术大师。三个条件，缺一不可。

跟随丘处机去西域的弟子中有个人叫宋德方。1240年他曾经来芮城拜谒纯阳祠，没料到1244年一把野火将道观烧了个干净。宋德方倡议在原有祠堂的基础上修建永乐宫。当时丘处机去世不久，宋德方趁热打铁，说动了朝廷，奉旨修建永乐宫。打着官府的旗号，他四处筹款，终于在1247年破土动工。道士潘德仲主持工程，兢兢业业，花了15年工夫建成三清殿、纯阳殿和重阳殿。1294年建成龙虎殿。全部壁画到1358年才大功告成。永乐宫的修建和元朝几乎同时开始，同时结束。前后施工期长达110年之久。人常说，精工出细活，如果施工期只有短短几年，怎么才能如此精雕细刻？

在永乐宫东路的尽头有座吕祖墓。吕洞宾是神仙，理应羽化登仙，有没有坟墓并不重要。倒是吕祖墓后面宋德方和潘德仲的陵墓和碑记值得一看。如果说永乐宫是吕洞宾的纪念碑，那么，绝对不应当忘记为修建永乐宫出过大力的两位道士。

吕洞宾和八仙

道教的神仙体系非常混乱复杂。吕洞宾是哪个部门的？即使弄不清楚他在哪里领工资，起码要问一声，他的上级是谁？一般人提起吕洞宾，首先想到他是八仙之一。八仙与牛郎织女、白蛇传、梁山伯与祝英台并称"中国四大传说"。每逢民间拜寿、庙会、节庆，游行队伍中八仙是必不可少的。可是，在永乐宫的主体建筑三清殿、纯阳殿和重阳殿中几乎看不到八仙的痕迹。仅仅在西路墙上有幅八仙的壁画，看起来年代不会太久。据说，吕洞宾成仙是钟离权介绍的，那么，钟离权又是谁介绍的？八仙又是个什么组织？

看起来，八仙充其量只能算一个非常松散的民间团体。他们没有固定的办公地点，也没有上级挂靠单位。在八仙当中没有领导和被领导的关系。在大多数情况下，八仙也并不聚集在一起开会或办事，各玩各的。除非接到王母娘娘的通知才一起过东海去赴宴。可是他们却非常团结，如果有一个成员受到欺负，其他的成员一定拔刀相助，绝不临阵脱逃。

按照马书田所著《中国道神》考证，直到元朝人们才将八仙搭成一个班子。起初，各种版本中八仙的成员并不一致。在大戏剧家马致远的剧本《吕洞宾三醉岳阳楼》中有个老头徐仙翁，却没有何仙姑。到了明代，何仙姑在小说《三宝太监西洋演义》中还是缺席。直到吴元泰写了《东游记》之后，何仙姑才加入组织，正式成为八仙的一员。

　　八仙有好多版本。例如，上八仙、下八仙、酒八仙、蜀中八仙，等等，等到何仙姑入伙之后，八仙的队伍才逐步稳定下来，成为一个专用名词。之所以八仙特别受老百姓欢迎，主要原因是多元化。八仙的队伍中不拘年龄，有老的（张果老），有少的（蓝采和）；不拘性别，有男的，有女的（何仙姑）；不拘资产，有富的（曹国舅），有穷的（铁拐李）；不拘文化，有中过举的（吕洞宾），有没读过书的（蓝采和）；不拘专业，有文的（韩湘子），有武的（钟离权），当然还有文武兼备的吕洞宾。这八个人凑到一起，就是多姿多彩的一台戏。八仙意味着不拘一格，广交朋友。他们的法宝和神通也各不相同。"八仙过海，各显其能。"显然，民间知识分子不赞成千篇一律，束缚思想的章法、条例，倾向于多元化。

　　在小说、戏剧中，如果没有何仙姑，就少了许多插科打诨。例如，在《东游记》中，铁拐李在江淮遇见何仙姑，问她："最近忙什么？"

　　何仙姑答道："我要去超度一个女子，她因为有病而离开丈夫，正在修道。"

　　铁拐李笑着说："你没有丈夫，难道也想让别人没有丈夫？"

　　何仙姑反唇相讥："别人都有老婆，为什么你没老婆？"

　　铁拐李接茬："岂不是正好和你作对？"

　　正在说笑中，蓝采和骑着张果老的毛驴过来，喝道："你们干的好事，吕洞宾嫖妓，你们私相调戏，大玷仙教清规，我要到玉皇大帝那儿告你们！"

　　铁拐李不慌不忙地说："好，好，无论你说什么，我们却没有作贼，你偷了张果老的驴，赃物现在，我还要告你呢！"

　　三人大笑，约定去搅乱吕洞宾的好事。神仙们就像一群顽童，无拘无束，难怪在民间如此受欢迎。

吕洞宾是底层知识分子创造出来的，他们被官僚体系排斥在外，从内心深处不希望有上属来管辖。吕洞宾自由自在，天马行空，恰恰是落魄书生的追求。不过，在饮酒、赋诗，特别是去瑶池赴宴的时候，如果没有几位朋友陪伴岂不是太孤单了吗？没有吕洞宾就没有八仙，而吕洞宾也离不开其他几位仙人。

旷世珍藏朝元图

近年来为了发展旅游事业，修建了不少庙宇宫观。有人把这些仿古建筑贬低得一无是处。好像非用楠木、樟木作为梁柱才算正统，用钢筋混凝土就是以假乱真，一钱不值。这种说法其实没有多少道理。且不说如今到哪里去找巨大的楠木，难道用了贵重的材料就拥有人文和艺术价值了吗？今天我们把某些建筑叫作仿古，如果几百年后这些建筑还在，还会说它们是仿古吗？是否能够流传下去，第一在于是否有文化内涵，第二在于是否有艺术价值，和所用什么材料，价值几何似乎关系不大。永乐宫之所以能够流传至今，遐迩闻名，首先，它是吕洞宾的祖庭，只要八仙的故事还在流传，人们就不会忘记永乐宫。其次，也许更重要，永乐宫的壁画是无价之宝。就像梵蒂冈教廷一样，人们顶礼膜拜的更多的是拉斐尔和米开朗基罗的艺术。如果当年永乐宫用黄金、白银打造神像，恐怕早就在战乱中被掠夺一空，连宫观也早就被烧毁了。如今，永乐宫的壁画依然存在，为中华民族保存一份无比珍贵的文化遗产。

永乐宫始建于元朝，三清殿的屋顶上镶满黄、绿、蓝三色琉璃瓦，屋脊两端的龙吻高达三米，气势非凡。虽历经八百年，釉色依然鲜艳夺目。

三清殿是永乐宫的中心，举世闻名的《朝元图》就在三清殿的墙上。《朝元图》可以有两种解释。一是指万方神仙朝拜三清中的元始天尊。一是指老子李耳，他被唐皇室奉为"玄元皇帝"。不过，矛盾不大，三清当中白发苍苍的老头就是老子。有的道经说老子是元始天尊的化身，代替元始天尊来人间布道。到宋代以后，道士们倾向于搁置这个争论，在三清之间不再排序。或者还有人更彻底，提出"老子一气化三清"，从外表形体上来看似乎三清是三个道人，实际上就是一个最高的神祇。

当你踏进三清殿时，立刻感到一种视觉和心灵上的震撼。《朝元图》横空出世，气势磅礴，展现出人们难以想象的神仙世界。画中人物有286个，每一个都高达2米以上，最高的主神超过3米。八个主神分别统领各部神仙。庞大的阵容，安排得井井有条。人物顾盼有情，形神兼备，仪态万千，具有鲜明的个性。帝后王公，文武官员，天丁力士，金童玉女，神仙鬼怪，有的在对话，有的在沉思，有的在倾听，有的在注视，有的在狂吼；有的欣喜若狂，有的怒发冲冠；有的惊讶万状，有的平静如水；有的庄严肃穆，有的轻松愉快；有的在猜忌，有的在告状，有的在争论，有的无动于衷。人物各有自己的年龄，性格特征。布局既有条理又富于变化，突出中心又兼顾细节。前后几排人物，透视比例恰到好处。如此众多的人物居然没有一个雷同。

道教的神仙谱系也许是世界宗教中最复杂的之一。而《朝元图》给出了一个非常形象、具体的解说。

北墙上是天上的日月星辰，有北斗七星，南斗六星和代表着历法的28星宿，由勾陈大帝和紫微大帝带队。其中，木星是文官，手持果盘。火星是武将，双手紧握兵刃。土星为老者，手握金印。木星和水星是端庄的女神，一个手持琵琶，一个手握毛笔。金星的头饰为鸡，火星为驴，木星为猪，水星为猴，等等。

在西面墙上，木公（东王公）和金母（西王母）统帅着十个太乙神、八卦神和雷部诸神。这些神仙主管风调雨顺，五谷丰登，降魔除邪，保佑平安。其中还有造字的仓颉和孔夫子。仓颉有六只眼睛，也许这是造字的必需。

图2 《朝元图》木公与金母诸像（图片来源：中国国家数字图书馆）

在东墙上，玉皇和后土带领着主管山川（五岳）、水府（长江、黄河、淮河和济水）以及地府的神仙。连海外扶桑、阴间酆都的首领也都在行列之中。这些神仙主掌自然和人的命运，生死祸福，吉凶贵贱。

在中央神龛的两侧是东极和南极大帝带着32天帝。还有玄元十子，古代十位思想家。

朝元图的整体布局体现了道教经典内在的逻辑和对世界的认知。

朝元图壁画的笔法奇绝！神仙脚下祥云飘绕，瑞气升腾。衣纹如同风吹飘动，自然而又富于动态。《朝元图》主要用线条来表达人物形象和各种质地的衣服和器皿，笔力坚实，铁划银勾。线条圆浑有力，有金石版画之风。试问，画笔沾满颜料，能画多长？画了一米左右，肯定要停顿一下，再沾点颜料，接着画下去，怎么能找不到接口？绘制《朝元图》的艺术大师们用笔沉着，一笔下去，信心十足，绝无犹豫和颤抖。在线条交界处既没有断点，也没有过头的地方。在玉皇大帝的帽子上飘下一根带子，有三米多长，居然一气呵成，根本看不出中间有停顿或连接之处。这是何等功力？什么叫本事？这就是！

《朝元图》以青绿、朱砂为主，采用重色勾填法，五光十色，斑斓绚烂，落落大方，浑然一体，毫无妖艳和俗气，构成富有旋律的一个整体。

在《朝元图》的角落上有行小字"河南府洛京勾山马君祥长男马七待诏"。这几个字很清晰地告诉我们《朝元图》的作者是马君祥和他的弟子们，完成于1325年。《朝元图》比欧洲文艺复兴的艺坛三杰要早差不多200年。达·芬奇、米开朗基罗、拉斐尔也画过大型壁画，达·芬奇的《最后的晚餐》绘于1497年。拉斐尔为梵蒂冈画的《雅典学院》完成于1520年。他把古希腊50多个著名的哲学家和思想家，如柏拉图、亚里士多德、苏格拉底、毕达哥拉斯等聚于一堂，人物形象非常丰富。米开朗基罗在西斯廷大教堂画的《最后的审判》完成于1541年。平心而论，《朝元图》的艺术风格、绘画技巧自成体系，截然不同于西方，很难进行横向对比。而《朝元图》中人物之多，形象之奇特，想象力之丰富，远远超过了意大利的画家。可是，迄今为止还很少有人知道大艺术家马君祥的名字，实在太不公平！

《朝元图》并不是凭空产生的。据说，唐代大画家吴道子曾经在洛阳北邙山老君庙的墙壁上画过《朝元图》，可惜已经不复存在。从杜甫的诗中可以得出一点信息："五圣联龙衮，千官列雁行，冕旒俱秀发，旌旗尽飞扬。"五圣指的是唐高祖、唐太宗以下的五位皇帝。他们带领的是文武百官，而不是宇宙之内的所有的神仙。

北宋的武宗元画过《朝元仪仗图》，以四方天帝为核心，带着许多美貌的女道士，无论是从格局还是风格上看都和《朝元图》有所不同。在洛阳龙门石窟中有《帝后礼佛图》，敦煌石窟中有《帝王听法图》，但是，这些壁画在构图、彩色、表达方式和艺术上都没有达到《朝元图》的水平。

在三清宫后面的纯阳殿内，壁画的主题是吕洞宾的故事。52幅壁画，好像连环画一样。在重阳殿，壁画的主题是全真教主王重阳和他的七位弟子的故事。可以看得出来，有些画是后人补的，年代不久，显得粗糙一些，艺术水平和《朝元图》不可同日而语。在山西新绛稷益庙、汾阳圣母庙等地的壁画也有相当高的艺术水平，但是首屈一指的当属永乐宫的《朝元图》。永乐宫《朝元图》继承了唐、宋、金、元壁画传统，登上一个新的高峰。无论是在人物描绘、色彩运用还是在节奏、层次的安排上都达到前无古人的高度。是不是后无来者，不敢说，至少在当今的艺术绘画中还极少见到这样的鸿篇巨制。在北京地铁车站中有一些壁画，看过之后有几个人为之感动，或者久久不能忘怀？在国家大剧院、鸟巢、中央电视台的超级建筑中什么时候才有一幅类似《朝元图》这样的镇馆之宝？

八百多年的岁月使得《朝元图》已经明显老化，失去了部分色彩。环境污染和阳光照射造成日益严重的威胁。为了保护国宝，应当限制周边地区的重化工业发展，提高空气质量。平常应当尽量关上大殿的门，避免阳光照射。游客可以使用专用电筒来观摩欣赏。如果今后游客人数增加，还应当像敦煌一样，限制每天进入大殿的人数。

有鉴于此，想去永乐宫的人还是及早为妙。

荆州记行

二〇〇四年十二月十日

关公就职财神和晋商多少有些关系。经商必须讲究信义，出门在外更要精诚团结。关公忠于诺言，义薄云天，恰恰符合晋商义中取利的原则。

童年一梦荆州城

当我登上荆州城头的时候，心头忽然一颤，古城似曾相识。城头上的"关"字大旗把我带回了童年时代的老北京。

每到傍晚，大人、小孩聚在胡同口，听收音机里连阔如说《三国》。十几岁的男孩子几乎都是《三国》迷。

同学们相互起外号，张飞、赵子龙、曹操出现的频率相当高。

有人借橡皮，马上声明，你可别"刘备借荆州，有借无还"。

划地为盘，下五子棋，输了的孩子会长叹一声，"大意失荆州"。

小朋友们交换小人书看，一套《三国演义》小人书有二三十本，一本可以换别的两本。《三国演义》120回，和荆州有关的有72回。其中，有14回直接讲荆州城里的故事。在小人书上，荆州城似乎比别的城池更高大一些。

80年代，我在武汉读书、任教5年，可就是一直没有机会来荆州。我有个荆州籍的朋友，问他荆州，他只是淡淡地回答道，没什么好玩的。我提起荆州城墙，他很奇怪，城墙有什么好看的？人们对自己身边的东西习以为常，并不觉得稀奇。

2004年6月，从神农架回武汉，途径荆州，我一圆旧梦，终于登上了荆州城头。

据说，荆州和陕西西安、山西平遥、辽宁兴城并称为国内保存最好的四座古城。实际上，保存最好的是北京的紫禁城。无论是站在午门外眺望，还是从景山上俯瞰，紫禁城都是那么气象万千，巍峨雄伟。其实，老北京的城墙和九门比紫禁城更壮观。可惜，前些年被稀里糊涂地拆了，连罪魁祸首都找不着。

城墙是中华文化中的重要组成部分。长城早已成为中华民族的象征之一。综观全球，华盛顿的白宫和国会连道像样的围墙都没有。英国伦敦的皇宫就在大街上。莫斯科的克里姆林宫倒是有道围墙，可怎么能和中国的城墙相比？究竟是有围墙好还是没有围墙好，恐怕再讨论几百年也没有结论。

荆州历史悠久。早在大禹治水的时候就有了荆州。荆州城北有座纪南城，古称"郢"，是春秋战国时期楚国的首都。楚国在此建都长达411年之久。公元前222年，秦国大将白起灭楚，把郢改为荆州。荆州在历史上非常繁华，曾和扬州齐名，"江左大镇，莫过荆扬"。除了楚国之外，还有南北朝的梁元帝、五代十国的南平国等四个朝代、十一个帝王在荆州建都。在唐朝时荆州号称"陪都"。如今，荆州和沙市连在一起，人口60万。

荆州城不方不圆，东西长，南北短。形状仿似一轮新月。荆州城墙像条巨龙，随地形起伏，盘旋在江湖之间。城墙高八九米，厚十米左右，以条石为墙脚，以糯米砂浆合缝，十分坚固。护城河宽5米到30米，水深3米，环绕四周。可惜，我们去的时候恰逢阴雨，不然的话真想绕城走一圈。

古往今来，荆州乃兵家必争之地。诸葛亮在《隆中对》中说："荆州北据汉沔，利尽南海，东连吴会，西通巴蜀，此用武之国。"荆州城墙也历尽磨难，就像烈火中不死的凤凰一样，几度拆毁，几度重建。

在南宋初期，金兵南侵，在战乱中荆州城几乎全被平毁。

1186年，南宋荆州安抚使赵雄重修荆州城。

1276年，元太祖忽必烈攻下荆州之后下令将荆州城全部拆毁。

朱元璋建立明朝后，于1643年下诏在原址上重建荆州城。

明末张献忠攻占荆州，号称大西王。后来张献忠兵败，在退往四川之前下令拆毁城墙。由于时间仓促，只拆了一部分就跑了。清初，豪格统兵平定张献忠之后再度修复荆州城墙。荆州城修了拆，拆了再修，几经折腾。今天所见实际上是明朝始建，清朝修复的城墙。

荆州的城砖非常特殊，许多砖上刻着年号和烧制地点。时间跨度长达600多年。烧砖的有8府14县。除了江汉平原各州县之外，还有鄂豫陕三省交界的均州、郧州、房县、谷城，西南方向的桂阳、宜章，东南的茶陵，湖南的常德、永州、衡州、长沙。城砖来自于如此广阔的地区，说明当时荆州管辖的面积相当大。在上千里的范围内，按照统一的标准烧制城砖，并且把城砖运到荆州来，这本身就是一项很了不起的系统工程。

三国故事与荆州城

荆州城有六座城门。东面和北面各二门，南面和西面只有一个门。荆州城的主要景点在东门一带。东门叫寅宾门，城楼叫宾阳楼。小东门旧称楚望门，城楼叫望江楼。

在濛濛细雨中登上荆州东门，抚摩城墙，极目远眺，只见宾阳楼瓮城箭楼上遍插三角形战旗，有的写"蜀"，有的写"关"。"关"字大旗自然是指关公曾经驻守该城。关羽，字云长，人称关公。蜀国旗号在此出现似乎不怎么合适。关公兵败荆州是219年，220年曹丕在洛阳称帝。221年刘备在成都登基称帝，继承正统，打出汉朝旗号。历史学家为了区分西汉、东汉，称刘备政权为蜀汉。按照逻辑推理，刘备军队的旗帜应当是"汉"才对。

跨进宾阳楼，当中端坐着刘备和诸葛亮的塑像，关羽、张飞、赵云等武将环立四周。由于《三国演义》深入人心，刘、关、张以及诸葛亮的形象早已定型。按照《三国演义》的描述，关云长"身长九尺，髯长二尺；面如重枣，唇若涂脂；丹凤眼，卧蚕眉，相貌堂堂，威风凛凛"。看过电视连续剧《三国演义》之后，我对导演和化妆师佩服得五体投地。关公的形象完全符合《三国演义》的描述。上哪儿找到这些特型演员？

在《三国演义》中说关羽身高九尺。如果按照现在的尺码计算，好家伙，三米，岂不是比姚明还高？且慢，古代尺码小。按照《中国历史辞典》中历代度量衡，东汉时期的一尺等于当今 0.2375 米。即使打个折扣，关公二米多，刘备一米八，张飞一米九。三个人都不矮。

按照《三国演义》，关老爷的大刀重 82 斤。在宾阳楼前，果真陈列着一把青龙偃月刀。我试着拎了一下，文风不动。我真佩服荆州的朋友，打造了这么重的一把大刀，恐怕还不止 82 斤。太夸张了。如果按照古代度量衡折算，东汉时期的一斤合 222 克。82 斤折合 18 公斤。倘要舞动 18 公斤的大刀，已属不易。除非神力，有谁能耍得动宾阳楼上的大刀？也许荆州朋友们恰恰是在告诉游客，关公是神，不是凡人。

借荆州的契约与产权界定

在《三国演义》中，刘备借荆州是一出好戏。连荆州这样大的城池都可以借来借去。这在历朝历代都是不可思议的事情。普天之下莫非王土，哪里还允许什么城池交易。

东汉末年，天下大乱，军阀割据。人们在不知不觉中把管辖权和产权混淆了。十八路诸侯讨董卓。每路诸侯实际上就是一个地方官。不过，这些为中央政府守土的地方官吏已经在行政上、军事上、司法上和经济上都独立了。他们的部下只对这位"主公"负责，而根本无须理睬中央政府。地方官员的行政管辖权泛滥，把国家委托他们治理的地方变成了私产。例如，在刘表多年治理下，荆州变成了其家族的私产。赤壁大战之前，曹操派兵南下，刘表的继承人刘琮投降曹操，刘表的长子刘琦随刘备逃亡。荆州的产权已经转移到曹操手中。

那么，借荆州是怎么回事？公元208年赤壁大战，孙刘联军打败了曹操。在赤壁之战中，孙权军队5万，刘备军队只有2万。东吴是抗曹的主力。大战之后，东吴军继续和曹军苦战，周瑜还中了箭伤。毫无疑问，东吴的贡献大于刘备。从道理上来说，荆州作为战果应当属于东吴。可是诸葛亮捷足先登，在吴魏大战之际，派赵云袭取南郡，张飞袭取了荆州，关羽袭取了襄阳。难怪周瑜说："吾等用计策，损兵马，费钱粮，他去图现成，岂不可恨。"

虽然曹操已经退兵，但依然是最强大的军事集团。刘备和孙权不敢马上分裂。东吴派鲁肃来讨还荆州，名正言顺地说："所有荆州九郡，合当归于东吴。今皇叔用诡计，夺占荆襄，使江东空费钱粮军马，而皇叔安受其利，恐于理未顺。"诸葛亮能拖就拖，非常巧妙地回避了战果分配问题。他搬出继承法，说荆州是刘表的地盘，刘表死了，他的儿子还在。刘备是帮刘琦看家，等刘琦死了再说。孙权和周瑜都接受了这个说法，其原因有二：第一，按照当时社会上通行的准则，理当由刘琦继承荆州。否定这一准则对任何一个军事集团都不利。第二，刘琦已经病重，东吴认为等刘琦一死就可以顺理成章收回荆州。

半年之后刘琦死了。鲁肃再来讨还荆州。诸葛亮策划了一个借约，许诺说待刘备取了西川就归还荆州。这样的契约有什么基础？这个协议没有仲裁条款，没有保护产权的制度安排。如果刘备不还又当如何？由于契约不完善，引起了在荆州发生的连环剧。

不顾一切的拼命精神

211年刘备率主力进入四川，派关公留守荆州。

从215年开始，孙权连续派人向刘备索还荆州，后来干脆直接派官员去接收长沙、零陵、桂阳三郡。关公好惹？孙权派去的人统统被赶走了。

216年曹操派兵攻打汉中，威胁四川。在压力下，刘备集团只好部分让步，同意两家平分荆州。长沙、江夏(武汉)、桂阳归东吴，南郡、零陵、武陵以及西部地区归刘备。荆州地区的主要部分依然控制在关公手中。东吴对此耿耿于怀，既然按照合约没有讨回荆州的希望，那么只能动武了。东吴守在关公的睡榻旁边，只要一有机会就会用武力夺取荆州。

219年刘备夺得汉中，军威大振。汉中和荆州形成钳型攻势，军锋直指中原。刘备命关羽从荆州发兵猛攻樊城，水淹七军、战庞德、捉于禁，大获全胜。曹操甚至考虑迁都以避关羽的兵锋。尽管关羽英勇善战，但是客观形势却对他坚守荆州不利。

东汉末年，中央政权对于地方政权的控制力荡然无存。军阀混战，战火燃遍中原，经济遭到严重破坏。曹操诗中说："白骨露于野，千里无鸡鸣。生民百遗一，念之断人肠。"由于战火一直没有烧过长江，江东的经济基础比较雄厚。为了扩充经济实力孙权还派人渡海，开发台湾。东吴的船队远航越南、柬埔寨等地。曹操认识到粮食问题的严重性之后，在中原屯田，休养生息，招募流亡农民，以军事编制组织起来，垦荒种地。曹魏屯田范围很广，从河南、河北一直到两淮流域。经过数年调整，曹魏的经济力量和军事力量逐渐恢复，远远超过江东孙家，更超过了偏居一隅的刘备集团。尽管司马懿家族后来篡夺了曹家天下，但是，分久必合，三国归晋是历史发展趋势。

在赤壁大战之前，荆州没有被卷入混战，不少人都从中原或关中逃来避难。曹操南下，荆州成为争夺焦点。从208年赤壁大战到

219年关公兵败被杀，荆州地区战火连绵，经济遭到严重破坏。史书上有曹操屯田的详细记述，也有诸葛亮在汉中屯田的记录。关公治理荆州八年，却看不到他采取了任何措施来增强经济实力。战争是政治的延续，而经济是政治的基础。精锐的军队、英明的统帅是取得战役胜利的条件，但是，如果没有经济基础，这支军队打不了多久，在战略上是难以取胜的。在经济实力相差悬殊的情况下，关公利于速战速决，不利于持久打消耗仗，尤其不能在两条战线上同时作战。曹操在襄阳有精兵八万，关羽手下只有三四万人马。单独和曹军对阵就已经非常困难了，可是关羽还和东吴结怨。就在关公在襄阳大败曹军之际，东吴大将吕蒙白衣渡江，乘虚而入，在关公背后狠狠捅了一刀。关公腹背受敌，退守麦城。219年12月关羽从麦城突围，手下将士纷纷散去，跟随他的只有十几个人。在当阳东关羽被吴军活捉遇害。

关公镇守荆州八年，在弱势下还能主动出击，实在是很不容易。关公置后方虎视眈眈的东吴军事集团而不顾，孤军北伐，干的是根本就做不到的事情。民间艺人说唱三国的时候赞扬的就是这股狠劲。后来，刘备从三峡出兵，大战宜昌，惨败后退回白帝城。蜀汉伐吴，很难成功。在刘备出兵之前，诸葛亮再三劝阻，其实老谋深算的刘备何尝不知道？为了给关公报仇，刘备孤注一掷，也够狠的。后来，诸葛亮七出祁山北伐中原，干的也是力不能及的事情。诸葛亮对此心中有数。倘若中原内乱，或者遭遇大灾荒，民不聊生，那么诸葛亮以弱伐强还多少有些希望。可是，中原在曹操、司马懿治理下，通过屯田，逐步恢复经济，出现了多年未见的稳定局面。"匡扶汉室"的号召力日渐衰弱。在这种情况下强行北伐，勇气固然可嘉，但是成功的概率实在太低了。因此，诸葛亮在《出师表》中有几分无奈地说："鞠躬尽瘁，死而后已。"杜甫在评价诸葛亮的时候感叹道："出师未捷身先死，长使英雄泪满襟。"民间舆论倾向于蜀汉，原因之一正是蜀汉君臣这种为了达到目的不顾一切的拼命精神。

由人而神，声名显赫

在雨中，宾阳楼的游客寥寥无几。踏着吱吱作响的楼梯，登上二楼。这里是关公独家殿堂。环顾四周，全是关公塑像。有站的，有坐的，有骑马的，有读书的，有持刀的，最大的有三米多高。售货小姐见来了游客，热情地招呼说："先生，请一个吧。在这里请的关公特别灵。"

按理说，关羽失荆州，走麦城，这里是他折戟沉沙的伤心之地。在荆州，关公是一个失败的英雄。可是，人们不以胜败论英雄，在荆州城内的关帝庙有六处之多。南门关帝庙据说是当年关羽镇守荆州时的官衙，重修于明太祖洪武29年。六殿三重，大殿中关云长夜读《春秋》，大义凛然。不仅荆州如此，全国除了土地庙之外数量最多的就是关帝庙。清末统计在册的关帝庙不下几万座。

看罢《三国演义》，有好多问题不得其解。在《三国》人物中武功最高的当属吕布。虎牢关三英战吕布。即使刘备武艺不怎么样，张飞可不是白给的。三兄弟加在一起，才和吕布打了个平手。孙策本领也很高强，人称小霸王。吕布、孙策都是威名赫赫的统帅，就是周瑜的地位也不在关公之下。可是，能够在佛教、道教和民间都享有崇高地位的只有关羽一人。为什么关公的名气远远超过他们？

在荆州城头漫步，抚摸砖墙，无限感慨。就在这里，关公由人一步步变成了神。苍劲的宾阳楼在雨雾中平添了几分神秘。

智者大师开启造神

在《三国演义》中有这样一段故事。

荆州当阳县一座山，名为玉泉山。山上有一老僧，法名普净，原是汜水关镇国寺中长老。云游天下，来到此处，见山明水秀，就此结草为庵，每日坐禅参道。身边只有一个小行者，化饭度日。是夜月白风清，三更已后，普净正在庵中默坐，忽闻空中有人大呼曰："还我头来！"普净仰面谛视，只见空中一人骑赤兔马，提青龙刀，左有一白面将军，右有一黑脸虬髯之人相随，一齐按落云头，至玉泉山顶。普静认得是关公，遂以手中尘尾击其户曰："云长安在？"关公英魂顿悟，即下马乘风落于庵前，叉手问曰："吾师何人？愿求法号。"普净曰："老僧普净，昔日汜水关前镇国寺中，曾与君侯相会，今日遂忘之耶？"公曰："向蒙相救，铭感不忘。今某已遇祸而死，愿求清诲，指点迷途。"普净曰："昔非今是，一切休论；后果前因，彼此不爽。今将军为吕蒙所害，大呼'还我头来'，然则颜良、文丑，五关六将等众人之头，又将向谁索耶？"于是关公恍然大悟，稽首皈依而去。后往往于玉泉山显圣护民，乡人感其德，就于山顶上建庙，四时致祭。

后人评说罗贯中的《三国演义》七分史实，三分创造。在关公显圣的事情上也是如此。这个故事是让关公走上神坛的关键。

关羽战败遇害，东吴孙权将关羽的头送到洛阳献给曹操。司马懿看穿了东吴移祸之计，建议曹操刻沉香木为躯，以王侯礼葬之。洛阳南门外的关林就是关羽之墓。关公遗体葬于荆州玉泉山脚下。关羽死后，头枕洛阳，脚踏荆州，这些都是史实。在三国时期，战火连年，白骨蔽野。中国的人口从5600多万直线下降，到了晋朝初年只剩下1600万。在混战中，阵亡的军人太多了。除了当阳百姓之外，似乎并没有人特别注意关公。

300年过去了，佛教有个流派以浙江台州的天台山国清寺为祖庭，开创了著名的天台宗。开山祖师智者和尚是荆州当阳人。在隋朝开皇11年(591年)智者回到故乡，发愿要在当阳弘扬佛法。智者不愧为智者，他请出了300年前的老乡关公，把民间对关公的敬畏之情转化为饱含佛学哲理的故事。在《佛祖统记》中记载的故事和《三国演义》中的差不多。这部佛教经典成书的时间大大早于罗贯中的《三国演义》，看起来，罗贯中读过不少书，且不知为何把智者大师改名为普净。反正是个老和尚，问题不大。当时隋文帝刚刚统一中国，在历经南北朝长达260多年的分裂战乱之后，人们需要一种宽容的态度来修补社会的伤痕。智者借关公的故事说明，冤冤相报，永无安宁，放下屠刀，立地成佛。智者的思想符合当时的社会需要，很快被民众所接受。按照智者的说法，关公的幽灵在游荡了300年后终于皈依佛祖，成了佛教的护法伽蓝。关公在神的世界中的第一个身份是佛教的护法神。直到今天，在许多佛寺中都供奉着关公。

据说，关公受了老和尚开导之后率天兵天将，开山填沟，运来木材、石料，在七天七夜里盖了玉泉寺。不管有没有天兵天将光临，反正智者大师借关公之力盖好了玉泉寺，而关公借智者之力跨进了神坛。

武圣庙中翻云覆雨

尽管佛教在中国流传得很快，但是决定着文化传统的还是根深蒂固的儒家思想。民间习俗中供奉文圣和武圣。在不少地方有文武庙。台湾日月潭的文武庙规模宏伟，金碧辉煌。文圣就不必争了，非孔老夫子不可。武圣的选拔条件比较严格，必须是武功赫赫的统帅。姜子牙不仅资格老，辅佐周武王伐纣，而且在《封神榜》中登坛拜将。既然各路神将都是他封的，姜太公自然应当是武圣。

学子们在拜文圣、武圣的时候心中总有一点不平衡。武圣姜子牙在公元前1046年建功立业，孔子于公元前551年才降临人世。姜子牙比孔子早了500多年。按照中国传统，长者为尊，理应先拜姜子牙，后拜孔夫子。儒家历来重文轻武，先拜武圣，于心不甘。于是，唐代的读书人开始寻找一个更合适的武圣。条件很简单，此人必须生活在春秋战国之后。秦朝有名将白起，汉朝有韩信、霍去病，等等。可是这些人物都过于现实，缺乏一点神气。关公不仅是名将还皈依佛门，具有几分神秘色彩。于是，在唐朝中期祭祀姜子牙的时候，关公出现在陪祭的行列中。后来，不知道是谁给关公塑像手里加了一本孔子的所著《春秋》。学子们很高兴，他们自然愿意看到，武圣也要读文圣的书。于是，关公在陪祭的行列中的地位渐渐高升。

关公在武圣庙陪祭位子上坐了200多年，没料到在960年被宋太祖赵匡胤赶出武圣庙。赵匡胤本人武将出身，文化程度不高，对孔夫子缺乏阶级感情。他把姜太公尊为武将的开山鼻祖，并且亲自调整了从祀的历代武将，撤销了关公的座位。有人说，南征北战，战绩辉煌的宋太祖怎么会欣赏一个败军之将？其实，还有更深层的原因。

三国故事的主流是正统观念，处处倾向血统高贵的刘玄德，口口声声骂曹操篡位夺权。而赵匡胤陈桥兵变，从孤儿寡母手中夺了天下。他效法的正是曹操。歌颂关公忠义，岂不是骂他奸诈无信？赵匡胤一道圣旨，让关公再度销声匿迹了150年。

转眼到了宋徽宗年间，宋王朝早已被社会接受为正统。宋徽宗大举兴道贬佛，自封为"教主道君皇帝"，下诏把佛祖改称"大觉金仙"，把所有佛教的菩萨改名为"仙人"、"大士"。改寺庙为道教的宫观，称和尚为"德士"，尼姑为"女德"。某些道士一旦得意就要闹出些邪门歪道来。

不知是何缘故，在1101年前后，山西解州食盐剧烈减产，影响到了国家税收。江西龙虎山天师道掌门人张继先禀告宋徽宗，断定是蚩尤作怪。他说，山西解州是关公故乡，可以请关公出来，赶走蚩尤。宋徽宗居然准奏，在张天师主持下，关公大战蚩尤。

侯宝林有段著名的相声叫"关公战秦琼"。30年代，军阀韩复榘的老爷子说，关公是山西人，怎么过五关斩六将，跑到俺们山东地界上来杀人？究竟他本事大，还是山东好汉秦琼的本事大？让他们比比。也许侯宝林写这个段子的时候听说过关公战蚩尤的故事。蚩尤是上古时代的神将，比关公早两千多年。秦琼是唐初名将，比关公晚四百多年。让不同年代的人比武本身就是一个笑话，让关公战蚩尤更是荒唐。

也不知张天师施了什么法，念了什么咒，反正在《宋史》中记载，1105年，"六月丙子，复解池盐"。张天师跑去糊弄宋徽宗，报告说，关公历经苦战，赶走了蚩尤。宋徽宗一高兴，敕封关公为"崇宁真君"。从此关公在道教中也有了地位。自然，关公的塑像再度回到了武圣庙。

北宋末年，朝廷腐朽，金兵南侵，兵临城下。太学生陈东率千余学生上书请愿，要求抗战，反对割地求和。可是宋徽宗猜忌武将，不重用李纲、种师道等名将。宋徽宗宁肯请关公出山也不愿意依靠民众抗战。他认为，既然关公能够战胜蚩尤，也一定能够赶走金兵。宋朝廷对于封赏功臣良将十分吝啬，为了请关公出马，宋徽宗非常慷慨地给关公封官晋爵。关公生前的爵位是汉寿亭侯。按照汉朝官制，亭侯是最低的一等爵位。在开封失守之前，宋徽宗三次追封关公，晋升为"义勇武安王"。关公从侯爵越过了公爵，直接晋升王爵。关公在武圣庙中的座位也不断上升。可惜，晋升关公为王并没有能够挡住金兵。1126年靖康之变，宋徽宗和他的儿子一起当了金人的俘虏，被押解到黑龙江依兰，死在冰天雪地之中。

在南宋时，关公在武圣庙中的位置不断往前移。姜子牙资格再老，毕竟不是王爵。在西周，能够封个公爵就算到顶了。春秋五霸，齐桓公、晋文公等还不就是个公爵？如果按照爵位来排，关公已经高于姜太公，如何排位子？最简单的办法是给关公另外立个武圣庙。从此，关公在武圣庙中坐上了正位。关公在佛教、道教中都地位显赫，民间传说把关公不断神化，关公的形象越来越生动，深入人心。日久天长，关公的武圣庙香火旺盛，而姜太公的武圣庙神鸦社鼓，无人问津了。

为什么朱元璋不喜欢关公

从1351年开始，反抗元朝统治的起义遍及大江南北。在这个时期产生了两部辉煌的文学巨著。1360年前后施耐庵写了《水浒传》，1390年前后罗贯中写了《三国演义》。《水浒传》写了一群绿林好汉，该出手时就出手。《三国演义》则宣扬正统，提倡忠义。

1368年朱元璋在南京称帝，百废待兴。这个开国皇帝在百忙之中做了一件令人匪夷所思的事情，不仅下诏废除宋徽宗给关公的封号，还禁止民间祭拜关公。关公怎么得罪了朱元璋？

朱元璋不喜欢关公有两重理由。其一，崇拜关公就是宣扬正统，朱元璋在这个问题上心中有愧。元末农民起义的旗号是驱逐鞑虏，恢复大宋。1355年，各路义军声称韩林儿是宋徽宗九世孙，共同拥立为帝，建号大宋龙凤。当时北方蒙古贵族内乱，自相攻杀，顾不上江南。陈友谅占据江西、湖广，张士诚的地盘从绍兴到徐州，明玉珍占四川，方国珍占浙江，朱元璋在各部夹缝当中，势力并不强。他"高筑墙、广积粮、缓称王"，积聚实力，争取民心。在发家过程中，朱元璋一直接受大宋诏命。他的行营张挂两面黄旗。上书"山河奄有中华地，日月重开大宋天"。

1364年，朱元璋消灭了陈友谅，建号吴王，但是在名义上仍然尊奉大宋正统。等到1366年，朱元璋羽毛丰满，立即翻脸。他派大将廖永忠迎接韩林儿，从安徽到南京，途经镇江时暗中将船凿沉，害死了韩林儿。虽说朱元璋谈不上弑主篡位，但这件事情总不那么光彩。他开国之际，当年和他一道揭竿而起的老战友们还都健在，如果韩林儿部下学关公的话，朱元璋可就尴尬了。

其二，朱元璋出身贫贱，当过和尚，他非常清楚基层民众中蕴藏的力量。民众崇拜关公，往往意味着结拜集社，将朋友义气置于法律秩序之上。朱元璋手下的文臣武将中就有许多凭义气起事的绿林豪强。朱元璋在开国元老中年龄偏大，别看文采武略不行，搞权术却是第一流。为了巩固政权，在建国后大杀功臣，文武臣僚被诛杀者近4万。在他去世之前，把开国6公52侯杀得只剩下5个侯。朱元璋一点朋友义气都不讲，自然不会喜欢关公。

抗击外寇，关公封帝

在明朝初年，别看官方禁止祭祀关公，罗贯中的《三国演义》却获得了极大的成功。官方越禁止，民间流传越广。关公的形象深入人心。关公被官方禁一次，再度解禁的时候地位就高一阶。关公所代表的忠义逐渐融入传统，成为中华文化的一个有机组成部分。民间文学所认同的形象肯定会对宫廷产生影响。

斗转星移，一百年过后，已经没有人再来挑战老朱家的皇权正统。恰恰是明朝廷最需要忠义、正统。1509年，从日本来的海盗烧杀抢掠，为害江浙、福建、广东沿海。朝廷为了抵御倭寇，下诏修建关帝庙，并且让南宋的两位忠臣岳飞和陆秀夫在二旁从祀。

在明末，随着外患内乱的加剧，明朝廷逐步提高关公的地位。在万历年间，关公正式取代姜太公，入主武圣庙，并且和文圣孔子一起享受后人祭拜。万历皇帝三次给关公加封，称号从王爵一直升到帝位。

成都武侯祠，纪念诸葛亮。大殿上端坐正中的却是刘备。诸葛亮只能陪坐一旁。按照儒家学说，君君臣臣，父父子子。无论如何，刘备是君，诸葛亮是臣。诸葛亮本事再大，也不能僭越。按说，诸葛亮的地位高于关公。诸葛亮调兵遣将，关公要站着作揖听令。可是在武圣庙中，关老爷大摇大摆地端坐正中，压根找不着刘皇叔。如果追究原因的话，很可能是因为关公被封为天帝，位在刘备之上。没有刘备的座位也就顺理成章了。

关公在清朝登峰造极

真正对关公有"知遇之恩"的还是清朝的开国皇帝努尔哈赤和皇太极。他们的文化程度不高，看不懂四书五经。在戎马征战之中，他们也没有机会来研习孔孟学说。但是一部《三国演义》精彩、易懂，同时还提供了极佳的军事教材。清廷皇族人人熟读《三国》，并且在军事上灵活应用《三国》战例。在沈阳故宫的南面就有一座关帝庙。

清廷皇族认为他们是凭自己的本事得来的天下。入关之后，礼葬明朝崇祯皇帝，编撰明史，处处表示他们才是承继历代的正统。多尔衮、康熙、乾隆等人都非常重视气节。清廷表彰抗清不屈的史可法、郑成功，鄙视吴三桂反复无常的变节。他们希望清朝官吏都能以关公为榜样，讲究忠义。

于是，关公连续得到清廷的封号。在乾隆三十三年，关公被封为"忠义神武灵佑关圣大帝"。光绪五年，关公再度得到晋升，被封为"忠义神武灵佑仁勇威显护国保民精诚绥靖翊赞宣德关圣大帝"。全称26个字，几乎所有光辉的好字眼都给关公加上了。

关公兼任财神爷

在民间，关公的形象也得到进一步发展，武圣关公变成了财神爷。

佛教、道教以及中国民间习俗都是多神崇拜。在菩萨和神仙之间有比较详尽的劳动分工。不过，如果分得太细了，又让人觉得过于繁琐，不知道该拜哪个神仙、菩萨为好。于是，人们请关公出来承担更多的责任。关公不仅是武圣，统领军界事务，还负责调度云雨，镇邪压魔。既然关公是一位全能的神明，那么不妨请他把财政也管起来。关公很快就当上了财神。

财神分两种，文财神和武财神。据说文财神是商朝的比干。头戴宰相纱帽，手执如意金钩，足登元宝。也有人说，财神是陶朱公范蠡。三次发财，三次散财，名动天下。武财神多指赵公明。手执铁鞭，骑只老虎，怪吓人的。他在《封神演义》中被姜子牙封为"金龙如意正一龙虎玄坛真君"。手下有招财、纳珍、招宝、利市四位正神。有的地方供奉的财神有五位之多。然而，无论哪路财神都没有关公那么受欢迎。如今，不仅在香港、台湾，就是在北美华人商店和餐馆，一进门就供奉一尊关公。各行各业都把关公当作保护神。

关公就职财神和晋商多少有些关系。经商必须讲究信义，出门在外更要精诚团结。关公忠于诺言，义薄云天，恰恰符合晋商义中取利的原则。晋商闯荡南北，足迹遍于天下。关公是山西解州人，自然会照顾山西老乡。老乡见老乡，两眼泪汪汪。晋商走到哪里就把关公拜到哪里。

神坛祭祀与民族潜意识

最近在网上看见一些人讨论关公是否好色，是否忠义。查了一下史料，这些怀疑确实有些根据。但是，我却并不赞成往关公脸上抹黑。人无完人，英雄人物未必完美无缺。连被称颂为"万古云霄一羽毛"的诸葛亮尚且有缺点，何况他的属下关公？

在陈寿所著《三国志》的第36卷中，关羽一节不到2000字。陈寿写书时离关羽逝世只有60多年。罗贯中生活的年代距离关羽一千多年。从史实的角度来说，罗贯中的《三国演义》无论如何也不能和《三国志》相比。民间传说离现实更远，比《三国演义》更玄。在历史上关羽是人，而且是个犯过严重错误的人。可是，是谁把关羽由人变为神？是封建王朝的君王将相吗？推崇关公的固然有宋徽宗、清太祖，但是贬斥关公的有赵匡胤、朱元璋。事实上，贬斥之后必然再度推崇。关公的地位越贬越高。除了清朝以外，开国君主往往不喜欢关公，而要维持社会稳定的后代君王则倾向于给关公加官晋爵。

我在多伦多的一家中国餐馆和老板聊天，问他为什么要在门口供奉关公。

他很严肃地说："关公是我们的保护神。镇邪免灾。"

还有呢？他说："关公讲义气，做买卖特别要重信义。"

我刨根问底，他笑道："关公是财神爷，保佑我们发财。"

我问他去过湖北荆州没有？他瞪大了眼睛，连连摇头。我问他《三国》的故事，他也一知半解，似懂非懂。

民间崇拜的关帝既不是陈寿《三国志》里两千年前的荆州守将，也不是罗贯中《三国演义》中的关公。把关公推上神坛的主要力量来自于民间。正是历代千百万贩夫走卒、渔樵老农在口头文学中塑造了关公这样一个忠义的典型。顺应着这个基本潮流，佛教、道教、儒家各取所需，使得关公的形象立体化、抽象化，最终推出了关公这个最具有民族文化特色的神祇。

一遇到民族危机，面临强敌外侮的时候，人们就想起了关公。抗日战争中，在上海、北京等地许多商店主动大量印发传单，上面没有任何抗日字样，全部是关公封金挂印，过五关斩六将，千里走单骑的故事。沦陷区人民争相传播，汉奸走狗心惊胆战，日本鬼子束手无策。

关公早已成为中华民族文化中代表仁义礼智信的图腾。改变这个信息只会混淆是非，不利于建立信用社会。在希腊神话中难道还要去追究雅典娜、阿波罗的家世不成？奥林匹克代表一种竞技精神，何必过问和奥林匹亚山上诸神的关系？我们常说要学习愚公移山，难道还真的要把太行山搬走不成？

荆州城内还有许多古迹。东门内有条古色古香的大街，路旁就是明朝著名政治家张居正的故居。沙市大学校长请我们品尝荆州传统名菜：皮条鳝鱼、千张肉、鱼糕丸子、八宝饭。果然名不虚传。荆州深厚的文化底蕴令人流连忘返。可惜，我只在荆州城头转了一小圈，连荆州博物馆都没有进去，就得急忙赶回武汉参加第二天的学术会议。

中国金融改革中的一大难题就是缺乏债信文化。许多国有企业借了银行的钱不还，撒谎、赖账，弄得商业银行的不良贷款数字居高不下。许多上市公司造假账，圈钱，毫无廉耻。不少政府官员贪污腐败，虚报政绩。在某些部门和地区，人心不古，党风日下。中国的监管部门不可谓不多，检察院、纪检委、银监会、证监会、保监会，等等，可是各类腐败案件越整越多，贪污官员的层次越来越高。这反映出来除了制度上的约束之外，还需要加强在思想深层的教育。而能够在精神世界做思想工作的只有神。从这一点出发，就是没有神，也要造一个出来。

神灵不过是人们思维的某种折射。想象力在联想、比喻、引证、寓言、分析的广阔天地中驰骋，创造了古往今来的各种神话故事。没有想象力的民族势必缺乏活力和创造力。中国正处在承前启后，体制改革的关键时期，我们最需要的恰恰是这种海阔天空的想象力和大胆创新的魄力。

离开荆州的时候，一阵清风吹走了缠绵细雨。一缕阳光穿过云缝，斜照在荆州城头。我仿佛在云端看见了威风凛凛的关公。弗洛伊德揭示了隐藏在人类灵魂深处的内在世界——潜意识，启发人们用理性控制非理性，用意志控制情感和欲望，用人性控制动物性，将精神晋升为文明。关公就是中国民间潜意识的产物。中国的史学文化气息太重，禁锢思想，缺少神话，缺少想象力。1800年来，中华民族好不容易才创造出关公这样一个具有中国特色的神，表现出对正义、忠信的渴望与追求。拜关公，拜的是忠义、信用，有何不妥？

关公已经站在高高的神坛上，那就拜下去吧。

关帝庙记行

二〇〇八年六月十六日

关公崇拜是执政者的政治需要。从关公的封谥变化可以看出关公崇拜的来由和发展。

弄不懂的关老爷

有一次,我和几个美国教授在纽约唐人街的中餐馆吃饭。门厅供奉着关公,也许是考虑防火要求,不便点燃香火,神龛前点着高科技的电子蜡烛和电子香,庄重肃穆,有模有样。我的这几位同事对中国很友好,对中国文化非常有兴趣。

"请问,门口供奉的是神吗?"一位教授小心翼翼地问道。

"是。叫关公。"我回答。

"他拿着武器,是个将军吗?"

"是,他是个将军,生活在三国时期,离现在大约1800年。"

"他很会打仗,战无不胜,是吗?"

"是,他很会打仗。不过,最后一战输了,被俘,死了。"

"哇,他很像迦太基的汉尼拔!是个失败的英雄。"

我们的问答引起了更多的问题。另一位教授插话:"等等,无论是汉尼拔还是恺撒都没有成为神,这位关公怎么成为了神?"

我耸耸肩膀,不知道如何作答。

还有一位问:"他是局部的,或者说某个专业领域的神,还是地位很高的大神?"

我犹豫了一下:"关公是位地位和级别都很高的大神,号称关帝,像皇上一样高贵。"

老外更糊涂了:"你不是说,他只是一个将军吗?"

"是的,他死后被封为大帝。"

有的教授刨根问底:"是谁有资格封关公作大帝,难道他比皇帝还更大?"我有点晕。

还有人问:"这位关公负责什么?为什么商店、饭店都要供奉他?"

我回答:"关公负责的范围很宽。保境安民,好像警察局局长;帮助发财,好像经济部长。"

"警察局局长怎么能兼任经济部长?"

幸好我还没有说,老百姓相信关帝还有呼风唤雨,治病疗疾,甚至送子的神通。显然,这样的对话是不会有什么结果的。越说,老外弄不清楚的地方越多,简直是一锅粥。再纠缠下去连我都快疯了。

是啊,人们为什么要崇拜关公?

中国特色关帝庙

2008年夏,我应邀去山西临汾讲课,主人送我一本山西旅游地图,图文并茂,翻开一看才知道,关公的老家就在运城的解州,那里有全球最大的关帝庙。我很遗憾地说,如果时间允许的话,真想去看看。主人马上说,运城那边早就提出要求,希望你去讲课。我查查时间表,一口答应下个月去运城。当然,先讲课,再逛关帝庙。

关帝老爷,名羽,字云长,三国时代蜀国大将。他过五关斩六将,威风盖世,最后败走麦城,身首异地。他的头葬在洛阳,如今是著名的关林。他的身体埋在湖北当阳,号称关陵。关老爷足迹所到之处都留下遗迹,例如,河南许昌的灞陵,襄樊的罩口川,古麦城,华容道,武汉的关山、卓刀泉,等等。

天下名山僧占多。可是,无论什么庙,什么观,在数量上都比不上关帝庙。究竟全国有多少座关帝庙?人常说,县县有文庙,村村有关庙。供奉文圣孔子的文庙到县城为止。可是,供奉武圣的关帝庙一直深入到街头巷尾,到处都有。关帝庙、关圣庙、关王庙、老爷庙、伏魔庙、等等,多种多样,数都数不过来。

按照清朝的《京师乾隆地图》记载,北京有一千多座庙宇,其中关帝庙有116座,占庙宇总数的十分之一。观音菩萨救苦救难,在民间影响极大,可是将观音庵、白衣观等加在一起,108座,排名第二。土地庙有40多座。其他庙宇,例如火神庙、三官庙、龙王庙、玉皇庙,等等,数量都远远赶不上关帝庙。紫禁城里有关帝庙,遵化东陵有关帝庙,圆明园里有好几座关帝庙。除了专门供奉关公的关帝庙之外,无论是佛寺还是道观,都有关公的位置。雍和宫是喇嘛庙,西跨院内也有座关帝殿。在明清年间,京城各门都供奉关公,以正阳门月城内的关帝庙名声最大。据说,这里的"关帝签"特别灵验,来占卜抽签的人络绎不绝。每逢开庙,烧香求福,人山人海,热闹异常。

关帝庙分布极广,遍布全国,远达西藏、内蒙古。新中国成立以后,大陆的关帝庙几乎被拆光了,可是台湾的关帝庙越来越多。有人统计,在台湾共有关帝庙900多处,数量也位居寺庙榜首。

关公塑像的总数可能远远超过任何神灵和历史人物。在各种行会、社会团体里有,在商店里有,在老百姓家里也有。"文革"期间,在各个城市的广场上纷纷树起毛主席像。由于他的生日为12月26日,主席像的高度多为12.26米。"文革"以后,这些主席像纷纷被拆除,如今存留下来的已经寥寥无几。可是,关公塑像却越来越多,越修越高大。在运城街头有关公的立像和骑马像。台北青草湖的关公神像高50多米,称为"恩主公大神像"。在解州常平村关公故里的关老爷铜像基座高19米,象征着关公在故乡生活了19年,塑像主体高 59 米，象征关公享年 59 岁。

关帝庙绝对是中国特色，可是它又是世界的。无论是在纽约、旧金山、伦敦，还是在澳大利亚、日本，等等，只要是有华人的地方就有关帝庙。无论华人走到哪里，非拜关老爷不成。在北美，许多中餐馆和华人社团供奉关老爷，神龛就是一座微型的关帝庙。许多初学中文的老外，也许不知道唐宗、宋祖，但是他们都认识枣红面孔的关公。关公崇拜已经流行全球。

图 1　雕刻精美的关帝庙石坊

是王宫，非王宫

在成千上万的关帝庙当中，关公老家的关帝庙最大。

解州关帝庙始建于宋代。在宋元时期大修 4 次。在明清两朝，大修和扩建 14 次。关帝庙坐北朝南，分为前院、前朝和后宫，犹如一座金碧辉煌的王宫。在中轴线上依次分布着端门、雉门、午门、御书楼、崇宁殿、春秋楼、厚载门等，规模宏大，气势不凡。

关帝庙胜似王府，毕竟不是王府。由于关老爷生前没有在这里住过一天，因此没有给家眷安排住处，并且节省了许多必需的生活设施，在肃穆的帝王氛围中时时透露出来民间的草根气息。例如，在门厅下台阶的地方，两旁各有一槽。每逢庙会，铺上木板就是戏台。当然，在这里主要演关公戏。只要关帝庙一敲开场锣鼓，四面八方的老百姓就蜂拥而来，比庙会还热闹。倘是王府，岂能让平民百姓跑进大门来看戏？

端门前的琉璃影壁宽13米，高6米，左右两条游龙戏珠，外侧两条行龙腾飞。影壁上有仙人、武士、凤凰、仙鹤、骏马、猛兽、花卉、山水，琳琅满目，生动活泼，美轮美奂。皇家的龙有五爪，关帝庙的龙只有四爪。虽说关老爷也是帝，但在死后一千多年才受封，他老人家的待遇和人间真皇帝多少有点区别。

崇宁殿是关帝庙的正殿。殿前的铁狮子、铁人、铁鹤、铁香炉等皆铸于明代。铸工精细，施工难度相当高，由此可见，那个时候中国的铸造技术绝对不落后于英、法。正殿回廊上环绕着26根雕龙石柱。山东曲阜孔庙的大殿也有雕龙石柱，好像更细腻。和文圣相比，武圣就应当粗犷豪放一点。

崇宁殿廊前陈列着几把青龙偃月刀，每把都有上百斤，非神力不能舞动。不信，你试试？

青铜祭台上有道缝，据说是关老爷磨刀后试刀留下来的。

殿前平台的石板上有一个脚印，起码有65码，据说是关老爷留下的。不知道他老人家个头有多高？凡是神的祖庭都要有些神迹。关老爷是神，自然和一般人不一样。

在王府或庙宇的中轴线两旁通常有钟楼和鼓楼。在关帝庙中，刀楼和印楼取代了钟楼和鼓楼。在关公塑像两侧，通常由周仓扛大刀，关平捧大印。在解州关帝庙中干脆修两个楼，让他们俩歇一会儿。

崇宁殿东西各有一座碑亭。不能说有碑刻就一定有文化底蕴，可是，没有碑刻又如何能留住历史？这些碑刻记录了非常丰富的史料和信息，值得关注。可惜，在碑林前很少有人驻足。许多讲解员未必知道碑刻的内容，游客们也没有那么好的耐心去琢磨研究。我浏览一下，难怪，有些碑刻的文字过于艰深，有些碑刻缺乏内涵，空话连篇。当初撰写碑文的人一本正经，挖空心思，可是他们也许没有想过，刻下石碑，如果没人爱看，还不是白搭？

关帝庙里匾幅题词很多，大部分是歌功颂德，表面文章，立意深远的不多。"义炳乾坤"、"神勇"、"万世人极"等，是清代康熙、乾隆、咸丰他们爷几个题的。字写得不错。看起来，皇子们在北京毓庆宫里学习毛笔字时还是蛮认真的。不知道哪个庙宇能集中这么多的御笔？清代王室推崇关公，不遗余力，关帝庙中间的一座宫殿干脆叫作御书楼。

关帝庙中最具特色的数春秋楼。宽7间，深5间，高30多米，二层三檐，从屋檐下伸出来26根木柱，下端悬空，雕成莲花，构思极为巧妙。这种建筑结构在别的地方很少见到。春秋楼二楼天花板上的藻井也极有特色，一根木柱倒悬而下，数不清的彩绘木条从这根木柱上四射出去，一层又一层，如同孔雀开屏。许多古建筑中规中矩，高度雷同，缺乏变化。如今，人们在修建仿古建筑的时候，除了将琉璃瓦换成黄的之外，好像没有什么思路创新。在传统的大格局下，关帝庙在细微处独具匠心。

春秋楼的暖阁供奉关公塑像，在烛光下读春秋。两壁是木刻的《春秋》全文。《春秋》是孔子编写的史书，主体思想就是维护正统，提倡忠义。关公在武将中并非最强，在文人中更不是泰斗，可是，贵在宜文宜武，忠义双全。夜读《春秋》成了关公最典型的造型。

关帝庙的另外一半是结义园。小桥流水，景色宜人。里面可看的东西不少。有块陨石，据说是关老爷的化身。在殿中一组蜡像，刘、关、张，栩栩如生。一眼就看出来是电视连续剧《三国演义》中的造型。人们普遍认同了这部电视，以后再拍三国戏，恐怕不敢太离谱。在结义园中除了这组现代的蜡像之外，没有刘备的塑像。人尽皆知，刘备是主，关羽是臣。如果有刘备在场，关公只能站立一旁，那还是关帝庙吗？

图2 结义园中看三国

从封号探索关公崇拜的来由

虽说刘备是主,关公是臣。可是关公的头衔却多得吓人,地位比刘备高得多了。

汉献帝建安五年(公元200年),关公得到第一个封号"汉寿亭侯"。这是曹操为了拉拢关公给封的。汉寿是个乡,亭侯是最起码的封爵。在东汉末期,封爵泛滥,除了封爵时赏点银子之外,并不一定给加工资。汉寿亭侯,芝麻绿豆。

公元219年,刘备称汉中王,拜关公为"前将军"。这是关公得到的最高职位。随后,关公攻襄阳,水淹七军,捉于禁,斩庞德,威震华夏。没多久,关公大意失荆州,兵败被害。

关羽死后41年,后主刘禅追赠关公"壮缪侯"。缪字有多重意义,可以被解释为严肃、深思、深远,也可以被解释为错误、差错。这一谥号多少包含着责备之意。如果不是关公丢了荆州,蜀汉不至于被局限在四川一隅。张飞是桓侯,赵云是顺平侯,马超是威侯,黄忠是刚侯。用的都是好字眼,唯独关公的封号有争议。有人替关公辩解，其实，多此一举。精通历史和国学的乾隆在1776年专门下了道谕旨，认为壮缪"隐寓讥评，并非嘉名"，改为"忠义侯"。在各种祭祀场合，后人宁可用关公最早的封号"汉寿亭侯"而不用"壮缪侯"。

在唐朝时只有荆州地区才有关庙，影响范围有限，似乎没有人对关公表现出特别的关注。按照《唐书·乐礼志》的记载，当时的武圣是姜太公，在武圣庙中关公只能在两廊陪祀。在宋朝，姜太公庙内陪祀的武将72名，关公是其中之一。虽然在民间一直流传着关公的故事，但是和其他战殁的武将一样，在他死后几百年内并没有得到特殊待遇。

形成关公崇拜的最重要的理由是执政者的政治需要。从历代皇帝对关公的封谥变化可以清楚地看出关公崇拜的来由和发展。

在刘阿斗之后，第一个封谥关公的皇帝是宋徽宗。他是第一流的艺术家，在书法上独创瘦金体，花鸟画精致逼真，堪称一时之绝。但凡艺术天赋特别高的人，思维逻辑经常和一般人不同。宋徽宗神经上有些毛病，经常想入非非。在崇宁元年（1102年），宋徽宗下诏，封关公为忠惠公。从侯爵晋升为公爵，关公用了将近900年。提拔速度实在太慢了。宋徽宗破格提拔关公的原因很简单，由于北方边境战乱不断，作为艺术家的宋徽宗一筹莫展，异想天开，指望关公帮他退敌。重用关公，既不用筹办军饷，又不用担心篡夺军权，多合算啊！

1104年，宋徽宗崇信道教，他要求关公在信仰上和中央保持一致。他封关公为"崇宁真君"。真君是道教中对神仙的称呼，并没有具体的管辖范围，好像后世的"参议"，没有行政级别。

1108年，宋徽宗加封关公为"武安王"。关老爷从公爵晋升王爵只用了6年。在此期间，关公除了在传说中大战蚩尤之外，并没有战功。话说白了，关公已经故去800多年，怎么可能上阵立功？无功受禄，封公封王，这就是宋徽宗的干部政策。宋徽宗不重用李纲、宗泽等忠臣良将，却指望关公帮助抵御外敌，实在荒唐透顶。宋朝宣和年间，朝政混乱，奸臣当道，民不聊生，内外交困，已呈现亡国之兆，可是宋徽宗还在自我麻醉，胡说八道。在1113年，他说曾梦见太上老君告谕"汝以宿命，当兴吾教"，作为上帝元子太霄帝君下凡，自封为"教主道君皇帝"。

1115年，金太祖完颜阿骨打在东北建国，迅速崛起，先灭辽，然后领兵南侵。宋徽宗面对强敌，毫无危机意识。他既不改革昏庸政体，也不加强军备，却把所有的希望都寄托在关公和其他神仙身上。宋徽宗在1123年再加封关公为"义勇武安王"。

1125年，靖康之乱，金兵大举南侵，北宋灭亡。宋徽宗和宋钦宗父子当了俘虏，金兵把他们押解到黑龙江。这位道君皇帝在监狱中受尽屈辱，熬了10年才死，他的儿子宋钦宗更惨，在牢狱中挣扎了30年。不知道他们在牢里有没有祈祷关公来救命？他们是否明白，封死人，哪怕爵位再高，也救不了活人？

宋徽宗的后代似乎并没有弄清楚这些道理。1128年退守江南的宋高宗封关公为"壮缪义勇武安王"。1187年，宋孝宗封关公"壮缪义勇武安英济王"。关公的爵位还是王，不过名称里面多几个字而已。皇权的介入使得关公在很短的时间内从民间传说直接登上了舆论中心，成为国家祭祀的战神。可是，关公没能帮上南宋朝廷的忙。蒙古铁骑踏平江南，陆秀夫背着南宋最后一个皇上投海自尽。据福建漳浦地方传说，陆秀夫是关公转世，而南宋的小皇上是周仓投胎。在东山关帝庙中关公和周仓平起平坐。总算关公对得起宋朝的礼遇，为赵家干了最后一件事情。

明太祖朱元璋没有忘记关公。不过出身贫寒，当过和尚的朱元璋比较小气，他下诏封关公为"寿亭侯"。不仅没有给关公晋级，还降回到原来的侯爵。朱元璋犯了一个错误。汉寿是地名，相当于一个乡。关公的爵位叫作"汉寿亭侯"，也就是汉寿这个地方的亭侯，并不是"寿亭侯"。之所以出现这个低级错误，只有一个解释，朱元璋读书不多却自以为是。他以为关公的头衔是汉朝的寿亭侯，既然大家都知道关公是汉朝人，省了"汉"字岂不更简单？按理说，朱元璋身边不乏饱学之士，难道没有人看出这个毛病？肯定有人看了出来，就是不敢说。皇上金口玉牙，一言九鼎，谁还敢纠正？可惜，混得一时，却混不了永久。御用文人让他们的皇上在历史面前出了丑。

元末明初，大文学家罗贯中写出了《三国演义》，很快就传遍全国。关公的名气越来越大。

明朝传了200多年之后，出了一个昏君，明神宗万历皇帝。他几年不上朝，不见大臣，躲在深宫中搞腐败。不知道什么原因，万历皇帝摇身一变，成了关公的超级粉丝。1582年，他打破常规，封关公为"协天大帝"。关公的爵位由侯爵一下子越过公爵和王爵，变成了帝，创造了历史纪录。礼部尚书傻眼了。有史以来，皇家最多只能册封王爵，如今连帝爵也封了出来，匪夷所思，岂不乱套了吗？好在关公封的爵位是"协天大帝"，帮助天帝管辖天上的政务，和内阁六部没什么冲突。

明神宗还不过瘾，他在1590年加封关公为"协天护国忠义帝"。1614年再次加封为"三界伏魔大帝神威远震天尊关圣帝君"。

万历皇帝授命关公管辖三界，也就是说，连人世间的事情全管。且不知在理论上他和关公怎么分工，也许万历皇帝心里明白，封这些头衔不过是说说玩玩的。事实上，明朝的江山就是让这些昏君给玩没了。

不过，对于一般百姓来说，一旦加了这些头衔，关帝庙的级别就节节上升，在数量上也迅速超过了其他庙宇。无论改朝换代，这些封号有增无减，一直维持下去。

清廷为什么崇拜关公

最耐人寻味的是为什么清朝皇帝要崇拜关公，而且比起历代王朝来有过之无不及。

清王朝有规矩，绝对不给汉人封王。入关初期曾经封过几个汉人为王。吴三桂被封为平西王，耿精忠被封为靖南王，尚可喜被封为平南王，史书称为"三藩"。吴三桂反复无常，扶明反明，降清叛清。康熙皇帝用了8年时间才平定三藩，实现了国家统一。从此，清朝不再封汉人为王。清末，即使是功勋卓著的曾国藩、左宗棠等中兴名臣也只不过封侯，连个公爵都不给。唯独关公例外，清朝给关老爷封官晋爵从来都不含糊，一个接一个。

1652年，顺治皇帝封关公"忠义神武关圣大帝"。

1768年，乾隆皇帝加封关公"忠义神武灵佑关圣大帝"，增加了"灵佑"二字。

1814年，嘉庆皇帝加封关公"忠义神武灵佑仁勇关圣大帝"，再增加"仁勇"二字。

1828年，道光皇帝在原来的封号上增加"威显"二字。

1854年，咸丰皇帝在关公的封号上再增加了"护国保民"四个字，好像是给关老爷下达了新的任务。

1855年，咸丰皇帝意犹未尽，再次加封，增加"精诚绥靖"四个字。

1870年，同治皇帝，其实就是慈禧太后，又给关公加了两个字，"翊赞"。

光绪五年（1879年），再给加二字"宣德"。至此关公的封号已经长达26个字，全名是"忠义神武灵佑仁勇威显护国保民精诚绥靖翊赞宣德关圣大帝"。不知道世界上有没有人能把这么长的封号背下来。真不明白搞这种廉价的文字游戏有什么意义？

清廷确实非常尊重和崇拜关公。据说，慈禧太后在颐和园看戏时，每当关公出场，她都要起立，表示尊敬。光绪皇帝和其他嫔妃大臣哪个还敢坐着不动？

仔细推敲，清廷崇拜关公的传统肇源于清太宗皇太极。

《三国演义》在明初一经问世就广泛流传。可是，作者罗贯中无论如何也没有料到，300年后，满人皇太极成了《三国演义》最忠实的粉丝。皇太极文化程度不高，自幼跟随清太祖努尔哈赤东征西战，戎马军旅之中没有受到过完整的教育。他读《论语》《春秋》有些困难，却非常喜欢看《三国演义》，以至于手不释卷。皇太极专门请人将《三国演义》翻译成满文，指定为八旗子弟的教科书。可是，只翻了一半就搁下了。也许满文译者缺乏文采，翻不下去了。再好的一部作品，倘若翻译不到位，味同嚼蜡。其实，真正的原因是，皇太极的子孙根本就用不着翻译。顺治、康熙、乾隆的汉文程度都相当高，与其读满文版的《三国演义》还不如直接读原著。

毫无疑问，《三国演义》中人物形象生动活泼，有许多活生生的战例，非常适合那些马背上长大的八旗子弟。刚进关的清廷贵族当中懂得《论语》的人寥寥无几，可是谈起《三国》来，个个眉飞色舞，滔滔不绝，兴高采烈。

皇太极明白，汉族人口远远多于满族，以少数民族入承大统，要保持长期稳定，绝非易事。要让政权稳固，必须建立道德规范。第一要强调正统，第二要强调忠君。最生动的教学方式就是为臣下树立一个学习的楷模。这个楷模需要拥有完全的神格，在各个方面都无可非议。皇太极自然希望从满人当中也来挑选一个人物加以神化。可是，活着的人，无论战功如何显赫，人们知根知底，过度拔高，不能服人。由于清朝崛起的历史太短，即使从死去不久的人当中也很难找到适合神化的人选。皇太极终于在《三国演义》中发现，1400年前的关公是忠义的化身，恰恰是他们所需要的教学样板。

清朝入关之后，立即礼葬崇祯，祭祀孔子，提倡汉文化，处处以天赋正统自居。皇太极和他的子孙们非常强调忠。明朝统兵将领洪承畴投降之后，为虎作伥，平定江南，立下大功。史可法在扬州抗清，不屈而死。乾隆皇帝在1775年下旨，极力表彰史可法，说他是"天下第一忠臣"。将洪承畴放进"贰臣录"，贬斥羞辱。赏罚分明。

清廷崇拜关公就是希望人们向关公学习，忠于正统的朝廷。关公无论是顺利还是在逆境中都绝对忠于刘备。即使被打散了，身在曹营心在汉，一旦得到刘备的消息，封金挂印，过五关，斩六将，回归故主。清朝皇帝不断地给关公加封，是在进行道德品质教育。

平心而论，清廷的道德教育相当成功。相对历朝历代，无论清末如何腐败，皇族和地方官员叛乱的事件比较少，叛徒和卖国贼也比较少。

超越边界的关公崇拜

偶像崇拜往往局限于特定的人群，唯独关公崇拜超阶级，超时代，超宗教，超国界，超民族。

尽管各个皇朝不断给关公加封，可是，如果仅有皇家推崇，关公崇拜绝对不会达到今天的普及程度。客观地说，民间崇拜关公的虔诚绝对不让达官贵人。

有些神仙在一段时间内备受崇拜，过些日子又遭受冷落。唯独关公扎根于民众之中，任凭斗转星移，长盛不衰。

在关帝庙中有副楹联说关公"儒称圣，释称佛，道称天尊，三教尽皈依"。儒家称关公为武圣，佛教拜关公为伽蓝神。道教尊关公为真君。在佛教和道教的庙宇中都有关公的塑像，三教九流都说关公的好话。无论在哪里，关老爷永远是丹凤眼，卧蚕眉，枣红脸，绿战袍。崇拜关公似乎不需要理由，也无须忌讳。不同教派之间难免有些争执，你说你的，我说我的，有时还会相互攻击、挖苦、讥讽，可是，却极少有人批评关老爷。

唐人街是华夏文明的一个非常特殊的产物。无论华人走到哪里，只要有一定人数，都会聚集起来，形成唐人街。俄罗斯人、印度人、南美人等进入美国这个种族大熔炉之后，很快就融合进去，不见了。可是，华人即使在外国住上几十年，人家还说你是中国人。是什么力量把华人团结起来？理由很多，但是无论如何离不开关公崇拜。

在海外的唐人街，关公塑像到处可见。关公崇拜早就超越了国界，无论是在北美、欧洲、拉丁美洲、大洋洲还是非洲，华人的足迹所到之处都有人拜关公。

中国的英雄多数都是悲剧英雄。关公、岳飞、文天祥、史可法，包括诸葛亮在内，都是"出师未捷身先死，长使英雄泪满襟"。成功的英雄当中，最有本事的当数汉光武帝刘秀，唐太宗李世民，可是，人们并不特别崇敬他们。在众多的英雄中，中国人选择了关公，实质上，我们的祖先选择的是忠义。

关帝庙中有副很出名的对联："英雄有几称夫子，忠义惟公号帝君。"在中国历史上，孔夫子是中国儒家思想的祖师爷。关公读《春秋》，学习和继承了孔夫子的学说。关公学用结合，才被后人称为武夫子。他凭的既不是赫赫武功，也不是皇皇巨著，非常简单明了，关公代表着忠义。

在国难当头时，关公崇拜有助于树立正气。在抗日战争时期，日本鬼子对民间祭祀关帝非常头痛。只要一拜关公，人们必定指桑骂槐，异口同声，痛骂汉奸。伪政府头目犹如万箭穿身，无地自容。日本鬼子禁也不是，不禁也不是，进退两难。

忠义的矛盾选择

儒家研究的核心是人和人的关系。忠，忠于国家，忠于集体，忠于上级，讲的是纵向、垂直关系，也就是个人和群体，上下级关系。义讲的是横向的人际关系，是对朋友而言，要有义气，言而有信，知恩图报。忠义就是，对国家要忠心耿耿，对朋友要敢于两肋插刀。

在某些情况下忠和义之间也会发生冲突。关公在华容道截住了曹操。杀还是不杀？关公忠于刘备，如果出于忠心就应当杀了曹操。但是曹操有恩于关公，如果为了报恩就应当放了曹操。在激烈的矛盾冲突下，关公选择了义，放走了曹操。"只为当初恩义重，放开金锁走蛟龙。"

在传统伦理中，儒家主张忠高于义。首先应当为国尽忠，然后才谈朋友之间的义。可是，关公违反了这个原则，却受到民间的推崇，说明民间认同的原则是义重于忠。老百姓对皇上的认同未必代表了国家，而对朋友的义气却是不打任何折扣。

奇怪的是，关公的忠义竟成了封建社会朝野一致认同的道德典范。

哥们义气的两重性

在小农经济社会中，人们缺乏抵御自然灾害的能力，必须相互救助，团结一致。只有哥们义气才能作为相互依赖的基础。人们歌颂一诺千金，肝胆相照，拔刀相助的义气豪情。

在缺乏法制的环境中，面对着社会不平等，人们缺乏保护自己的法律武器，依靠义气维系的群体拥有较多的谈判筹码，有利于保护小集体中每个成员的利益。在朋友圈子里才感到安全。维系朋友圈子的基础就是义气。越是在社会底层，老百姓越讲义气，越重视朋友之间的援助和相互扶持。讲义气，贵在相交贫贱时。刘关张桃园结义时，他们一无所有，丝毫不涉及利益的分配，彼此坦诚相待，相互支持。

在海外，关公崇拜比大陆更为流行。海外华人面对着种族歧视和陌生的法律，只能依靠母体文化联系起来的群体才能保证自己的生存。关公的义气恰恰是他们所需要的凝合剂。关公成为凝聚和团结华人的旗帜。无论姓氏、籍贯、种族、阶层如何，都接纳关公文化。关帝庙在很大程度上替代了宗族祠堂，成为华人联络感情、议事决策的中心。

有人把义气称为江湖习气，他们认为无原则的哥们义气具有消极的社会影响。可是，想过没有，它的反面，反复无常，言而无信，见利忘义，恐怕更糟。

文化缺失与传统重建

改革开放以来，中国经济高速增长，几亿农民离开土地，进入制造业和服务业。社会结构正在发生深刻的变化。政治和文化属于上层建筑，必定随着经济基础而变化。

文化是什么？说到底，文化是人们的心理习惯。

社会是由千百万个体组成的。一个人的思维、心理可能会发生骤变，但是作为一个社会整体，人们的心理习惯具有强大的惯性。几千年来形成的传统文化，绝对不可能在短期内发生根本性的变化。在改革之前，折腾了二十多年，千方百计，试图用阶级斗争理论摧毁传统道德。"文化大革命"要求人们无条件效忠，理解的要执行，不理解的也要执行。"三忠于，四无限，五统一。"向组织交心，其中一条重要内容就是揭发身边的亲人、朋友。几个朋友聚在一起，很可能被当作反革命小集团。在狂热的革命浪潮中绝对不能容忍什么义气。关公崇拜肯定被当作糟粕，彻底抛弃而唯恐不及。拆除关帝庙只不过是统一思想的一个小插曲而已。

压力越大，反作用力就越大。

在"文革"中镇压群众、搞黑材料的人搬起石头砸了自己的脚。基层组织威信扫地。近年来，无论如何修补，却再也不能恢复到当年的景况。打小报告、诬陷别人的事情虽然还有，但是普遍受到民众的鄙夷。显然，这是时代的进步。在人们缺乏互信的情况下，朋友义气变得格外重要和珍贵。

在社会、经济、政治急剧变化的过程中，如何设计和选择民族的性格是摆在中国人面前的一大挑战。经济高速发展必然要追求文化成果。在急剧变化的过程中，我们丢失了太多的文化。其中有糟粕，但是也有精华。旧的破了，新的却没有立起来。

对于当前文化缺失的现象，有些人视而不见，无动于衷。文化真空，信仰真空，学风浮躁，各种邪教就会趁机滋生。最可怕的是除了金钱以外，什么信念都没有。前些时候，于丹讲《论语》风靡一时，说明在民间存在着强烈的填补文化真空的需求。既然孔子、庄子能谈，为什么关公不能谈？

《洞冥记》是一部古代志怪小说，明清年间有人加上一段，说现任的玉皇大帝向老母辞职，在三教圣人联席会议上一致推选关公继任。按照顺序，关公是第十八代玉皇。想象力之丰富，不得不佩服。其实，人们崇拜的是那个千里走单骑，忠义双全的关公，而并不在乎他的爵位和头衔。

关公崇拜是传统文化的一个重要部分，在民间具有很深的基础和影响力。在海外，无须政府出面，关公崇拜流传至今。山西是关公的老家，关公崇拜正在迅速恢复。

中华文化复兴正在呼唤忠义。

只要人们追求真善美，关帝庙必然会重新回到中华大地。

神农架记行

二〇〇四年六月十二日

古人说，峨眉天下秀，青城天下幽。也许神农架更秀、更幽，可是这些称呼已经被人家注册了专利。究竟什么是神农架的特色？

神农天下真

华中科技大学经济学院成立十周年院庆，邀请中国留美经济学会的学者参加，邀请函中特地注明会后送大家去神农架看看。华中科技大学是我的母校，即使没有旅游，我也一定积极参加。更何况同行者都是中国留美经济学会的老会员，虽然大家都在北美任教，却不常见面。难得有这样的机会可以朝夕相处，谈天说地。游山玩水之余还能切磋学术，岂不是人生一大乐事？同行者有美国得克萨斯农工大学的田国强教授、得州大学的甘犁教授、印第安纳大学的陈爱民教授等。学校派了王虹、小费两位老师陪同。

2004年6月12日，车离武汉，高速西行。路旁闪过一个个路标，看见当阳就想到赵云血战长坂坡；看见荆州就想到刘备有借无还。其实，在这片土地上从东周列国，一直到近代抗战，不知道出现过多少可歌可泣的故事，可是能够深入民心的莫过于罗贯中的一部《三国演义》。

车过宜昌，进入山区。旅游车的窗户似乎变小了，要贴着窗户才能看到路边峰顶。路标上的地名也变得有趣起来，什么水月庵、回龙寺，等等。天下名山僧占多。要修身养性，和精神世界沟通，自然要逃离尘世间的喧嚣，找一个山清水秀、超凡脱俗的灵境。在水月庵附近，两山对峙，公路就在峡谷中穿过。导游说，看，那就是悬棺。在上百米高的峭壁上依稀可见几个洞口，太高，太远，看不清楚里面是否还有棺椁。导游说，土家人深信，人死了之后会升天，因此，安葬得越高越好。如此说来，藏族的天葬似乎更彻底，将死者的肉体连同骨头一起喂了秃鹰，当鹰翔长空之际，灵魂自然随着升天。据说，土家族老人去世以后，合族聚会，绕棺椁而歌。春秋时期有个大哲学家——庄子，他的老婆死了，要击盆而歌。莫非庄子的传人竟在土家不成？

　　从平面上来看，从宜昌到神农架的距离并不很长，可是上山下山，绕来绕去，开了好久，好像没有走出多远。绕过一个山口，眼前突然一亮，峡口镇就在眼前。小镇不大，依山就势，架屋叠檐，仿佛是挂在前面峭壁上的一幅立体的山水画。一座现代化的拱桥从这边山顶飞落在对面镇头。我们一过桥就来个急转弯，车头往前一栽，沿着陡坡从桥下钻了过去。转眼之间，大桥已经像彩虹一样高高悬挂在我们头顶了。三峡蓄水之后，游轮可以直接从长江开到峡口。这里将成为游览神农架的一个起点。如有可能，在峡口住上几天，一定别有情趣。

　　旅游车溯香溪而上，在山间盘绕。我们纷纷议论在北美何处有类似的景色。洛矶山很高，但山峰的间距太大，不帅。大峡谷很深，但是秃光光的，太荒凉。在北美确有一些景色秀丽的地方，但很少像神农架这样连绵百里，处处绝佳。

　　香溪一路相随，有的时候，突然不见了，车子转过一个弯才发现在下面两百多米深的山涧中有个水电站。香溪正从水电站那儿向我们招手。众人纷纷要求停车照相留念。下得车来，仰头一看，好家伙，在我们上面还有两百多米高的峭壁。如果从对面山上看来，我们岂不是身在万丈绝壁的中腰？我们看山色，别人看我们，何尝不也是一道风景。

　　从武汉长途驱车12个小时，我们在雨雾中走进神农架，夜宿木鱼镇的神农山庄。山外已经暑气逼人，而神农架依然是凉风习习。入夜之后恨不能穿起棉袄来。

　　虽然神农架在深山老林之中，旅游设施却十分到位。木鱼镇上沿着香溪散布十余家饭店宾馆：灵犀宫宾馆、神农宫宾馆、大森林山庄等。枕溪而眠，开门见山，别有洞天。其实，与其住在星级酒店里，还不如在路边民舍过夜。由于神农架全面禁止采伐，政府为了照顾山民生计，允许他们在家里招待客人。神农架土著居民多数是土家族，他们在自家门前挂上块牌子，"欢迎停车住宿"，"土家茶"，"土家菜"。由于山势很陡，有些修在路边的民居很有特色。汽车停在大门口，吃饭、住宿一层层往下走，足有三四层楼，每层都窗含峡谷翠色，视野异常开阔。若不是东道主早有安排，我宁肯在土家民舍住上几天。

　　神农架，山高林密，养在深闺人未识。古人说，峨眉天下秀，青城天下幽。也许神农架更秀、更幽，可是这些称呼已经被人家注册了专利。究竟什么是神农架的特色？

　　神农天下野？这个称呼似乎不甚妥帖。肯定还有许多大山区比神农架还要闭塞，还更荒凉。据说，神农架是地球同一纬度上独一无二的温带森林生态系统。在史前，冰川覆盖了亚洲和欧洲，大量动物、植物绝种，连江西庐山之巅都能见到冰川活动的遗迹。唯独神农架始终郁郁葱葱，在崇山峻岭当中形成了不少非常独特的小气候，为我们保留了许多稀有的物种。我不是生物学家，对于神农架博物馆内介绍的珍稀植物似懂非懂，却双手赞成保护稀有植物和动物品种。如果世界上只留下人类，岂不是太单调无趣了吗？在神农架，没有人工雕琢，没有污染，一切都保留着大自然原来的面貌。也许可以说，神农天下真。但愿无论什么人来到这里都能返璞归真。

野人之谜

1980年神农架被国务院命名为"国家森林和野生动物类型保护区"。可是,真正使得神农架名扬四海的却是神秘的野人。据说,野人有两米多高,直立走路,来去无踪。神农架周边发现了猩猩和巨猿的化石,时间可以追溯到200万年以前。大熊猫能够在邻近神农架的汉中地区保留下来,巨猿或猩猩能不能利用这里独特的地貌和气候条件存留下来呢?这些猩猩或巨猿是不是野人?

我的一位朋友在80年代初听说神农架发现野人踪迹之后极为兴奋。他多次闯进神农架,打算和野人交个朋友。除了相机之外他还带了一台当时颇为罕见的小型录音机。他说,如果遭遇野人,可以录下他和野人的对话。如果他被老虎吃了,我们没准可以从录音机里听到他描述这只老虎有多大,还能听见老虎嚼他骨头嘎嘎作响。后来呢?很遗憾,他什么都没有找到。

中国科学院曾经两次兴师动众,组织大批人力进行野人考察。可是,除了找到一些说不清楚的毛发、粪便,还有更说不清楚的脚印之外,野人没有给我们留下任何真实的凭证。你要是说没有野人,可是为什么有几百个人都说他们在不同场合下遇见野人?奇怪的是,你如果拿着照相机之类的设备,就遇不到野人;如果你什么都没拿,也许反而会和野人不期而遇。当地政府悬赏50万元征求野人照片,可是谁都没有这份运气。

许多野考志愿者先后进入神农架。北京于军兄弟三人也许是最典型的代表。他们放弃了自己的事业,全力投入神农架考察,为了破解野人之谜甚至付出了生命代价。

有位探险者只身进入神农架,发誓要会会野人。他说,如果见到公的就结为兄弟,如果遇见母的就结为夫妻。一片诚意,感天动地。他单身匹马在深山老林中扎营结寨,待了好几年,风餐露宿,吃了不少苦头,结果什么也没有看到。他的诚意没有感动野人,却打动了一位美国女性科学考察者。俩人一拍即合，同宿同飞去了。据说就在他结婚几周之后，野人再度现身，和几位神农架林区管理人员不期而遇，转身消失在莽莽林海之中。是谁给野人传递了信息？

在神农架和野人相关的地方不少。在燕子垭有个野人洞。洞口大约50多米宽，洞内很高，并不深。阳光从洞顶的两个通天洞穿射下来，照在湿漉漉、长满青苔的洞壁上。导游说，这里也叫牛鼻洞，上面就是两个牛鼻孔。仰头看看，倒有几分相像。我们没有进到铁扇公主的肚子里，却误入牛魔王的鼻子。倘若牛魔王打个喷嚏，还不把我们都喷到爪哇国去？

在板壁崖设有一个野人考察站。似乎只有到了那里才能够理解为什么破解不了野人之谜。别看今天信息化时代，科学技术这么发达，到了这里，山太高，谷太深，林太密，有劲儿也使不上。从天上看不见，地面难以通行。就是对面100米开外的山上有个野人和你打招呼，下深涧，爬上去，起码要两三个小时。从这一点来说，神农架真的具备着野人栖居的条件。

神农架有一个"野人之谜展览馆"，我看得津津有味，非常仔细。别人问我观感如何，回答说，有真有假，可信可疑。在展览馆中列举了有多少科学考察团来到这里，毫无疑问，这些都是真的。不过，他们竭尽全力，谁都没有找到野人。当地民间对于野人的描述更是惟妙惟肖。

有个故事说，有个男人被野人掳去关在岩洞中，和野人生了小孩。最后他思念家乡，趁野人不注意逃了出来。野人追赶不及，坠崖殉情。这个故事没有时间、地点，没有旁证、物证。只好任其姑妄言之。

据说有6个人同时看见过野人，为了证明确有其事还给出了他们的官衔。原来这几位都是当地管理区的干部。如果不讲身份还好一点，一旦点明他们是当地官员，这些话的可信度就更低了。

还有一个故事说，有个妇女被野人掳去，逃回来生了个"火娃"，长得像野人，冬天不穿衣服。科考人员给火娃拍了照片，可惜，不久火娃就死了。从另外一本书上得知，火娃确有其事，科学考察人员在得到家属同意之后对火娃的遗骸进行化验，结果证明他死于一种疾病，其基因与一般人并无区别。

如果说野人不存在，那么只要拿出一个野人的样本就可以推翻这个假说。同样，若要证明野人存在，起码也要给人们一个实例，否则说什么都没用。大诗人屈原的故里就在离神农架不远的秭归，在他著名的长诗九歌《山鬼》中有一段非常难以理解："若有人兮山之阿，被薜荔兮带女萝，既含睇兮又宜笑，子慕予兮善窈窕。"屈原说，有人站在山梁上，以薜荔藤为衣，以女萝蔓为带，非哭非笑。莫非屈原也遇见过野人？

在展览馆中最有冲击力的是19世纪英国学者赫胥黎的名言："古代的传说，如用现代严密的科学方法去检验，大都是像梦一样平凡地消逝了。但是奇怪的是，这样像梦一样的传说，往往是一个半醒半睡的梦，预示着真实。"神农架野人之谜，似醒非醒，朦朦胧胧。到底有没有野人已经不那么重要了，也许人们要的就是这样的梦。从这点出发，还是不要揭开野人之谜更好。留一点遐想，留一点梦。

神农祭坛

神农坛是整个神农架的标志。在90级的高台上耸立着巨大的神农氏的塑像。一个老人，面部刻着岁月沧桑，头上长着两只牛角。反正谁都没有见过这位老祖宗，怎么想象都可以。这些都是在80年代以后修建的，算不上古迹，但工艺水平不错。

到了神农架自然不可不看那株千年古杉。苍翠葱茏，历经风雨依然生气盎然。树径要6个人才能围抱。导游讲，手摸杉树，顺时针绕三圈，可以保你发财，万事如意。同行者无不遵命，反正又不花什么本钱，到外面来旅游，不就是玩吗？我恰好站在最左面，自

图1 长着牛角的神农头像（图片来源：百度百科）

然应当打头。刚刚迈步，对面来了两位打扮时髦的女士，逆时针方向转了过来。我一本正经地悄悄说："快调头，弄反了方向要破产的。"没想到这两位女士被吓得变了脸色："哎呀，哪郎好？"我挥挥手："没关系，调过头，多走几圈就补上了。"

在神农坛前设有一钟一鼓。在大钟前面有个书摊，在大鼓前面有个摊子卖纪念品。我在书摊上相中了《神农架旅游指南》。其中有的标价20元，有的标价25元。我拿了本20元的，售货小姐说要25元。我指给她看书上的标价。售货小姐脸涨得通红，叫："经理，经理，快来。"经理跑了过来，连声道歉，说这本书的价格打错了。他说："您要是付25元，就免费敲几下钟吧。平常敲一下要5元呢。"好吧，我拖过悬挂的大木槌，恭恭敬敬地撞了三声。雄浑洪厚的钟声穿透了雨雾，给神农架增添了几分神秘。

导游虔诚地指着神农坛旁的一栋茅屋说，这里是神农老祖的故居。我嘴上不说，心里琢磨，你们是怎么考证出来的？传说，神农尝百草，是中华医药和农业耕耘的开创者。有人说神农就是炎帝。他和黄帝并称中华始祖。按照历史学家推算，神农距今起码有4700年了。中国历史自公元前841年开始才有确切纪年，以前的事情只是传说而已。连尧、舜、禹都是根据传说的推断，更何况炎、黄二帝？神农尝百草或许是真的，却很难确定其年代。至于说神农氏在什么地方下榻，谁知道？神农是我们中华民族的一位老祖宗，值得后代敬仰。他活动的地方应当是祖先发迹的黄河流域，无论如何也不会跑到人迹罕至的大巴山区来。话虽是这么说，对于神农坛的来历却大可不必拘泥、呆板。在深山老林中纪念遍尝百草的老祖宗要比在闹市中心好得多。

导游说，今天特地为大家请来了四位大师，他们分别隶属佛、儒、道和密宗。大师们能够未卜先知，异常灵验。他故作神秘地说，进神农故居时男人要先迈左脚，后迈右脚。显然，导游是这几个算命先生的"托儿"。对于这样的导游我一向顺从，先迈哪只脚有什么要紧？我模仿着导游的模样跨进了神农故居，进到堂内，看见并排坐了四位身穿道袍的年轻人。他们纷纷招手，请我过去。我站定不动，学他们的样子，也向他们招招手。我见他们有些困惑，笑笑，转身退了出来。万事皆有缘分，冥冥之中的这些规律岂能那么容易破解？天机不可泄露。把世界上最复杂的预测随随便便告诉别人，还要收费，如此庸俗化，恐怕哪个神仙菩萨都要摇头。有个同伴算算命，被敲了好几百元，值不？

神农架观山看水

到神农架来看什么？这里没有宝刹名寺，没有历史遗迹。三国时代，刘、关、张三兄弟在山下叱咤风云，可谁都没来过神农架。来神农架看的是山、是水，是满眼葱茏的一片碧绿。

我们在神农架前后三天，大部分时间都在下雨。云里雾里，山色有无中。翌日清晨，在雨幕笼罩下的神农山庄，凉意萧萧，鸟鸣山更幽。一阵山风揭开了对面山上的轻纱，云向高处飞去，从树梢飞到树梢，最高处的树还有一半在云里。神农架的山是真正的大山，郁郁葱葱，浩若瀚海。我曾在赣南多年。在神农架的眼里，逶迤的五岭只能算小弟弟。如果神农架的山不是这么大，怎么能藏得下野人之谜？如果神农架的山不是这么险，又怎么能抵抗尘世侵袭，为我们保留下来这样一块净土？当我飞越青藏高原的时候，从机翼下看见巍峨的雪山以及与之相连的褐色群峰，山固然够高，却严峻得让人喘不过气来，根本无法让人亲近。神农架是一块宝石，晶莹剔透的绿色中映射着各种植物。这里充满生机，分布着从亚热带到寒带的各种植物，是天生的植物博物馆。神农架的群山因翠绿而有灵气，因流云而有韵律。来神农架一定要心静，唯有心静才能观山看水，从山水的灵气中修身养性。李白诗曰："众鸟高飞尽，孤云独去闲。相看两不厌，只有敬亭山。"如果来到神农架，他一定会搬张板凳，面对着群峰，坐而忘我。

观海是看水的终结，来神农架是看水的起源。泰山、华山固然壮观，唯独缺水。神农架的万绿丛中处处是水。雨后，沿着香溪望去，左一条瀑布，右一条瀑布，说不上有多少条白龙从天而降，将龙头探进了香溪。

探访香溪源极为有趣。沿着密林翠竹中的山路，时而攀上悬崖，时而探入幽谷。奔腾的溪水在身边欢唱。数次跨越香溪之后来到一处山间谷地。香溪源方圆许20米，池底是大大小小的鹅卵石，泉水就从石下喷涌而出。水量之大，叹为观止。用手捧起泉水洗把脸，再喝上几口，水质极佳。难怪唐代茶圣陆羽将香溪源评为天下第十四泉。

在木鱼镇上，香溪对过有家茶社。踏着悬索桥，摇摇晃晃走过去。老板招呼上竹楼，挨着香溪，泡上一壶云雾茶，慢慢饮来。看山色、雨色、霞霭色，听风声、雨声、溪水声，将世间万般烦恼统统交给香溪流水，岂不是活神仙？在喧嚣的都市中，恐怕就是在梦境也难以找到这样的幽静。

宋代大儒朱熹说："知者达于事理，而周流无滞，有似于水，故乐水。仁者安于义理，而厚重不迁，有似于山，故乐山。"神农架的山是仁者之山，神农架的水是智者之水。

随行的小导游口齿伶俐，唱得一口土家山歌。她的梦想却是离开家乡到大城市去工作。路旁扎着头巾的老妪，几乎听不懂山外人的普通话。这里的山山水水就和她背的竹篓一样寻常。从灯红酒绿、摩天大楼中逃出来的学者把神农架看成世外桃源，恨不能就在这里隐居下来。乐水乐山，见仁见智，变化无常，这就是神农架。

鹳雀楼、普救寺记行

二〇〇八年六月十七日

只要王之涣的诗在，鹳雀楼就是坍塌一百回，人们也会修复它。文学比权力的寿命更长。

鹳雀楼

一提名山，人们想到的必然是五岳、黄山。说起名楼，必然是四大名楼：湖北的黄鹤楼，湖南的岳阳楼，江西的滕王阁和山西的鹳雀楼。

名山大川是大自然的杰作，千古不变，可是人工建筑就不一样，地震、水灾、火灾、暴风、骤雨都可能给建筑物造成不可逆转的损失。就算什么灾难都没有，中国的古建筑基本上都是梁柱结构，屋顶的分量全压在几根顶梁柱上。时间一长，无论什么木头都会腐蚀老化。上下五千年，人们不知道建造了多少建筑物，或倒塌，或焚毁，如今几乎找不到上千年的建筑。唯独四大名楼一直流传至今。为什么？

毫无疑义，如果没有崔颢的《黄鹤楼》，范仲淹的《岳阳楼记》，王勃的《滕王阁序》，王之涣的《登鹳雀楼》，这些楼阁早就消失了。文以楼生，楼以文存。只要中华民族还在，这些诗歌、词赋就在。只要这些文学作品在，这些建筑物就是坍塌一百回，人们也会修复它们。

文化是这些建筑的灵魂，建筑是文化的载体。中华文明薪火相承，这些楼堂馆所也得以永存。

在四大名楼当中，去过黄鹤楼的人最多。黄鹤楼位于武汉，九省通衢，交通便利。其次当属滕王阁，毕竟南昌是江西省会。登临岳阳楼和鹳雀楼的人比较少。鹳雀楼地处山西运城，除非专程前往，顺路探访的可能性不大。在古代却并非如此。汉唐时代，政治中心在关中，鹳雀楼旁的蒲津渡是南来北往必经的黄河渡口。登鹳雀楼的人很可能多于黄鹤楼。

从运城出发，沿高速公路西行，仅个把小时就到了永济。中条山突兀拔起，山脚下是一马平川的农田。晋南的农业非常发达，自古以来就是著名的粮仓。来到永济，我们好像穿过了时空隧道，一头栽进了历史文物的海洋。车过著名的普救寺，我喊"停车"。朋友说："别慌，等会儿来。"车过蒲州老城遗址，朋友说："别慌，前面更精彩。"车窗外闪过黄河铁牛，直奔鹳雀楼。

在一片开阔的河滩平原上，鹳雀楼平地拔起，显得格外高耸挺拔。按理说，晋南人多地少，耕地比较紧张，可是鹳雀楼景区地盘极广，约三千多亩。从仿唐彩绘的大门到鹳雀楼大约有一里之遥。中间有横跨鹳影湖的玉带桥和唐韵广场。好大一个广场，起码可容十万人。可惜，游客寥寥，四周新栽的小树还没有长起来，空荡荡的，显得格外开阔。鹳雀楼的管理处体贴游客，准备了电瓶车，拉着我们绕楼转了一圈（当然是要付费的）。若让游客徒步，恐怕没有几个人肯走上好几公里。我不知道鹳雀楼管理处是否进行过成本核算，搞这么大的面积，空在那里干什么？开电瓶车的小姑娘说，将来还要搞个游乐场，我连连摇头。且不说能够吸引多少游客，花花绿绿，吵吵闹闹，和鹳雀楼匹配吗？

鹳雀楼重修于1997年，共六层，高73.9米，基台三层，高16.5米，采用唐代建筑风格，古典风雅，落落大方，飞檐重阁，气势磅礴。

最早见诸史书的鹳雀楼只不过是一座用于军事瞭望的岗楼。修建鹳雀楼的宇文护是南北朝时北周的大将军。他是一代枭雄，比曹操还厉害。曹操想篡位还没篡位，一直留着汉献帝。宇文护霸道多了，他一连废了三个皇帝。他首先从拓跋廓手中夺过政权，拥立宇文觉登上天王宝座，建立了北周。宇文护自己担任大司马，晋国公，独揽朝政。没多久，他废黜并且毒死了宇文觉，立宇文毓，历史上称周明帝。二年后宇文护再下毒手，杀掉宇文毓，立宇文邕。你说他厉害不厉害？可是，他万万没料到，宇文邕不是任人摆布的汉献帝，他是历史上屈指可数的英武之君——周武帝。周武帝反过来诛杀了宇文护。

宇文护执政时筑蒲州城，并在城西南的黄河洲渚上修了鹳雀楼。由于地理位置极佳，渐渐成了诗人们聚会的场所。宇文护于572年去世，屈指算来，鹳雀楼的历史起码有1400多年。

北周之后紧接着就是隋唐。王之涣（688—742），唐代人，他所见到的鹳雀楼很可能还是宇文护修的。他写了《登鹳雀楼》，却没说鹳雀楼到底有几层。宋代的大科学家沈括在《梦溪笔谈》中说："河中府鹳雀楼三层，前瞻中条，下瞰大河，唐人留诗者甚多。"沈括是个非常严谨的科学家，他的话可信度很高。据此推算，鹳雀楼高度在30米左右。

鹳雀楼历尽沧桑，屡毁屡建，生命力惊人。只要环境略有稳定，经济有所恢复，人们必定重修鹳雀楼。《蒲州府志》中记载，鹳雀楼四层，飞檐挑角，琉璃覆顶，不知道什么时候开始，鹳雀楼比唐代高出一层。

1222年，蒙古大军南下，蒲州守城的金兵弃城逃走，一把火烧掉了鹳雀楼。明朝初期，鹳雀楼的地基还在。由于黄河河道极不稳定，经常泛滥，大水淹没了蒲州城。黄河夹带着大量泥沙，将鹳雀楼遗址深埋地下。水火交加，多灾多难。甚至没有人知道当年鹳雀楼具体的方位。游客们只好把蒲州老城的西门当作鹳雀楼。后代诗人不尽感慨："千里穷目诗句好，至今日影到西楼。"

如今，中国迎来了千年难逢的盛世，重修鹳雀楼水到渠成。搞不清楚鹳雀楼的具体方位？管他呢，在茫茫黄河滩涂上拣一块最好

图1　高耸于黄河滩涂的鹳雀楼

的地方，就是它了。不盖则已，盖，就来个痛快，再加二层！

除了洞庭湖畔的岳阳楼基本维持原状之外，如今四大名楼中的三个都与时俱进，在高度上翻了一番。这些建筑大多采用钢筋混凝土结构，比原型更加雄伟高大。有人批评这些仿古建筑不伦不类，我却不敢苟同。今天的建筑再过几百年不也成了文物？且不说现在到哪里去找巨木作大梁，就不怕再来场大火？还是钢筋混凝土让人心里更踏实。只要有内涵，采用什么材料都无关紧要。

鹳雀楼一楼大厅正中是大型立体彩绘《大唐蒲州繁盛图》，长约18米，高约4米，生动地描绘了唐代蒲州的社会风情。在画中，皇帝出巡的仪仗走出蒲州西门，跨越黄河浮桥。远处河滩上耸立着鹳雀楼。美则美矣，却很难考证其真实性。仔细看，不难发现许多破绽。图中鹳雀楼有六层，和现在的鹳雀楼差不多。我们知道在历史上鹳雀楼最高只有四层。1997年方才增加到六层。

之所以《清明上河图》非常珍贵，是因为出自于当代画家之手。张择端亲眼见过开封胜景，虽然难免有些发挥创造，毕竟八九不离十。《清明上河图》形象地提供了宋代服饰、市井生活的信息。请现代人来描绘唐代的乡土民情，只能出于想象。谁见过？姑妄言之罢了。近来有些人主张"抢救历史"，很有道理。哪怕是人们司空见惯的事情，过几代就成了史料。只要有普遍意义，哪怕是人们不屑一提，或者不想多提的细节，都应当记录下来，尽量给后人多留下一些信息。

大厅西侧的壁画描绘了宇文护筑楼的故事。东侧壁画介绍诗人王之涣的生平事迹。按照社会地位来说，宇文护是北周权倾朝廷的大将军，王之涣只不过是唐代一介书生。宇文护拨款修筑鹳雀楼，又花钱又费神。王之涣只不过是在一百多年之后来这里逛一圈，写了区区20个字的一首小诗。可是人们都认定：没有王之涣就没有鹳雀楼。知道王之涣的人远远超过宇文护。这从另外一个角度证明了：文学比权力的寿命更长，知识就是力量。

一楼大厅上的楹联很棒："襟星月而披风雨，控秦晋而凌覆载，华夏立雄威，且峤峤西行，我欲登楼追落日；借诗文以傲古今，铭盛衰以鉴春秋，山川生壮慨，问滔滔东去，谁曾击柱俯黄河？"有长河，有落日，有情有景，写活了鹳雀楼。

鹳雀楼二楼的主题是"源远流长"。上至女娲补天，黄帝定都，舜耕历山，下至司马光砸缸，莺莺听琴，贵妃出浴等，包括了五千年来有关河东的历史人物和传说故事。说晋南是中华民族的摇篮，言不虚传，有根有据。

三楼展示"亘古文明"，几组蜡像，栩栩如生，生动地描述了晋南的制盐、炼铁、酿酒、养蚕的生产过程。

四楼的主题是"黄土风韵"，展示晋南的风土人情和民俗文化。

五楼的主题是"旷世盛举"，展示了鹳雀楼的沧桑变迁和重修过程。

鹳雀楼实际上是一座河东历史文化的博物馆。近年来新修了不少博物馆，在许多文物景点开设了有关当地历史的展览。这是一个好兆头。西方国家的历史很短，但凡有个百年建筑，你看他们那个宝贝啊，竭尽全力保护起来。可是，在中国，哪怕是五百年的古建筑，说拆就拆。有些地方官员，不学无术，不懂得爱护文化遗产，一副败家子像。一个民族没有文化，就没有前途，忘记自己的历史不仅是愚昧，简直是背叛。

来到鹳雀楼，哪怕老弱病残，也必然要"更上一层楼"，更何况，新修的鹳雀楼还安装了电梯。

登上六楼，"极目千里"，看见黄河，也看见了王之涣。

在梁柱上挂着一副楹联，意境绝佳。

　　大河奔流，斜日恋山，妙景宜从高处赏。

　　千古奇观，五言绝唱，名楼长借好诗传。

放眼望去，黄河在阳光下波光粼粼，安静、浑厚地奔流而去，消失在烟雾茫茫的天际。

黄河离开青藏高原，到内蒙古转了一圈之后，由北向南，滚滚而来。路过鹳雀楼，在风陵渡转了一个90度的大弯，直奔东海。相对于唐代首都长安来说，运城在黄河以东，所以古书中常称运城地区为河东。

在鹳雀楼顶层的侧后方，有一尊诗人的铜像。王之涣面对大河，拿着诗稿，意气风发。不知道还有没有另外一个古建筑和一位诗人有如此密切的联系。

也许他在写下这首诗的时候，根本就没有想到在1200年后会有如此辉煌雄伟的鹳雀楼，更没有想到在鹳雀楼上只有他的位置。对待创造了中华文化的杰出人物就是应当给予这样的尊重。

鹳雀楼就是王之涣，王之涣就是鹳雀楼。

王之涣的诗流传至今的只有六首，篇篇都是脍炙人口的精品。除了《登鹳雀楼》之外，还有一篇千古绝唱："黄河远上白云间，一片孤城万仞山。羌笛何须怨杨柳，春风不度玉门关。"

其实，写多少并不重要，质量第一。乾隆皇帝多才多艺，写作勤奋，一辈子写了一万多首诗词，有谁能背出一首来？

和四大名楼相关的文学作品中，王之涣的《登鹳雀楼》最短，总共只有20个字。

白日依山尽，黄河入海流。

欲穷千里目，更上一层楼。

有人试图再精炼一点，每句只有四个字："日依山尽，河入海流，欲穷千里，更上一楼。"

再精炼，每句三个字："日依山，河入海，欲穷目，上层楼。"

有人试图再精炼，每句只剩两个字："山尽，河流，穷目，上楼。"

其实，减字不过是文字游戏，再减下去，就没有意思了。从意境、音韵来说，王之涣的诗，添一字嫌多，减一字嫌少。经典之作，随意改得吗？

这首诗在1992年在香港被选为十首最受欢迎的唐诗之一。日本的教科书中收录了五首唐诗，这首诗名列榜首。在北美的中文学校里，小学生们朗朗上口的唐诗中自然也少不了这一首。诗歌要有景，有情，有思想，而另外一个方面，越简单，越朴实，越有生命力。如果诗歌用的文字过于艰深，内涵隐晦，或者为显示学问而引经据典，掉书袋，最终只是在一个很小的圈子里自我娱乐罢了。

和鹳雀楼有关的还有唐代李益的一首诗，也很棒：

鹳雀楼西百尺樯，汀洲云树共茫茫。

汉家箫鼓空流水，魏国山河半夕阳。

事去千年犹恨速，愁来一日即为长。

风烟并起思归望，远目非春亦自伤。

读诗，看景，越看越有味道，对诗的理解也越发深刻。李益的诗，怀古叹今，意境悠深，很容易触发人们岁月沧桑的感慨。对于阅历不深的年轻人来说，还是王之涣的诗更好，勉励上进，更上一层楼。

黄河铁牛

距离鹳雀楼仅一里有余就是黄河铁牛。

如今，在许多证券交易所的门前摆着各种造型的牛，绷足力气，欲与天公试比高。可惜，股市上常常是狗熊当家。常听人说，股市上的牛靠不住。

若想看千年不变的牛还要到蒲津古渡来。

"国东王气凝蒲关。"蒲津渡连接秦晋豫三省，历来是交通要道。早在春秋时期的鲁昭公元年（公元前541年），黄河上就有了蒲津渡口和浮桥。山西物产丰富，特别是运城地区产盐、产粮，大量物品要通过蒲津渡运往京城西安。蒲州曾经是全国四辅中的上辅。浮桥之上，南来北往，熙熙攘攘。

724年，唐玄宗李隆基下令，将竹缆浮桥改为铁索。为了固定铁索，铸造了八尊铁牛，分置两岸。每头铁牛高约2米，长约3米，最重的45吨，最轻的也有26吨。牛尾上铸一根铁轴，用来固定浮桥铁索。

俗话说："兵来将挡，水来土掩。"按照《易经》的阴阳五行，"牛象坤，坤为土，土胜水"，由此推断，牛能镇水。蒲津渡铁牛是用来镇水的。为了增加分量，还铸造8个铁人、8座铁山和14根铁柱。铁牛和铁人被铸在长方型的铁板上，铁板下面连着六根直径半米，长约4米的铁柱，斜向插入地下。巨大的铸件构成了坚固的地锚，拖住浮桥的八根铁索。铁牛周围有七根铁柱，排列如同北斗七星。在地锚前约3米处发现了当年护岸石堤。在桥东50米处发现了

图2 旷世奇观，黄河铁牛

蒲州的古城墙。

当初要铸造这样大的铁牛，说不定要动员几个省的力量，通力合作，才能完成这一壮举。蒲津渡的浮桥是谁出的钱？没有准确的史料记载，可能中央政府和地方政府都出一些，但是主要的投资方还是当地的士绅商人。道理很简单，要想富，先修路。在滔滔黄河上修座浮桥，四面八方的商贾都要到这里来过河，蒲州城想不发都难。

黄河铁牛至今已经1200多年。我不知道李约瑟的《中国科技史》中有没有提及黄河铁牛，同时代的欧洲有没有哪个国家有这般科学技术能力。直到宋代，中国在科学技术上仍然处于领先地位。中国落后不过是近百年的事情，赶上去是必然规律。

黄河铁牛，形象生动，比例恰当，膘肥体壮，威风凛凛。在每头牛的前面站立一个牵牛的铁人。从造型来判断，四个铁人分别是汉、藏、回、蒙。其中汉族铁人双手握拳，戴相公帽，衣服有个大翻领。导游是个脸庞红彤彤，十七八岁的小姑娘，她颇具权威性地宣称："从这件服装来看，西装发明于中国。西装应当叫唐装，或者叫汉服才对。"人们不由得相视一笑。

图3　西装大翻领的由来

我奇怪地问:"你说有八头黄河铁牛,怎么只看见四头?"

她说:"那四头铁牛也已经找到了,就在西面380米的地方,埋在地下,有7米多深。"她很神秘地补充说:"不过,现在不能开发,如果挖出来,陕西就会来抢。"

她解释道:"黄河滚过来,滚过去。三十年河东,三十年河西,讲的就是我们这块。大水退了,陕西人种的地跑到我们山西来了,到底算谁的呀?周总理说,两个省就别抢了,今后以黄河为界。"

黄河的变迁,让人深感震惊。为了防止黄河泛滥,人们不停地筑高两岸大堤,久而久之,河道内沉积下来的泥沙使得河床比外面的地平线还高,成为地面上的"悬河"。一旦洪水决堤,一片泽国,人或为鱼虾,水退之后,沿岸城镇都被泥沙淹没,黄河另择河道,搬了家。

1570年,黄河泛滥,主河道西移,将西面一组铁牛埋入地下,只剩下东岸的四头铁牛。明万历八年(1580年),黄河主河道滚了回来,然后又一口气向西搬了十几里。清康熙年间(1695年),黄河再次东移,离开蒲州城只有5里。乾隆、嘉庆年间,黄河的主河道向西改道,把一大片陕西的土地淤积成滩涂,拱手送给了山西。赫赫有名的蒲津渡口离开黄河十几里远,无船可驶,成了旱码头。民国初年,黄河再度泛滥,水退之后,东岸的铁牛只剩下牛角露在地面。40年代,黄河卷水重来,一度逼近蒲州老城,铁牛淹没在黄水之中,来往船只曾经被铁牛的牛角挂住船底。后来,黄河再度搬家,向西移动了好几里路。铁牛不见了,被埋在地下,深达7米。不知道黄河搬来多少沙土,也不知道黄土下还埋着多少宝贝。

从史书记载得知,从明末以后,黄河频频改道。蒲津浮桥从春秋时代开始,一直沿用了1900多年。直到上个世纪40年代,蒲津渡才进入了历史。站在铁牛旁边,远远望见黄河边上的鹳雀楼,说不清楚鹳雀楼的位置当年是在河东还是河西。站在被废弃多年的蒲津渡,更觉得环境保护的重要。

到了80年代，经济改革取得显著进展，国力逐渐充实。政府决定发掘埋在地下的东面的一组铁牛。刚挖开时，地下水很快就冒上来，将铁牛泡在水里，没多久就锈得一塌糊涂。为了保护铁牛，决定把铁牛从原来的位置向上抬了11米。从照片来看，当时连台像样的起重设备都没有，全凭几台千斤顶，真不容易。近年来，采用了先进的技术对铁牛采取了防腐处理，并且建造了观光平台。人们不仅可以在平台上和铁牛直接接触，还可以到平台下观看铁牛下面的六根大铁柱。西面四头铁牛的准确位置早已探明，在没有更好的保护技术措施之前，暂且推迟挖掘。期待着有朝一日，我们能够完整地看到八头铁牛。

陕西、山西、河南的出土文物很多。秦始皇兵马俑炫耀帝王的权威，法门寺显示的是对神佛的信仰和崇敬，唯独铁牛，不仅有很高的艺术价值，还反映出古代人民生产和生活的必需。著名桥梁专家唐寰澄说："这不同于扬军阵、耀帝威的秦兵马俑，亦不同于宣佛法、炫珍宝的释迦舍利，也不同于讲五行、为厌胜的镇水石犀。这是一个具体的工程建设，是中国劳动人民对世界桥梁、冶金、雕塑事业的贡献，是世界桥梁历史上唯我独尊的永世无价之宝，堪称世界奇迹。"

历代文人墨客咏叹蒲津古渡的诗歌很多，唐代大诗人李商隐、温庭筠，明代的顾炎武都曾为铁牛题诗，连唐太宗李世民也为蒲津渡题诗一首。还是大戏剧家王实甫的《西厢记》里的一段写得最好：

九曲风涛何处显，则除是此地偏。这河带齐梁，分秦晋，隘幽燕。雪浪拍长空，天际秋云卷。竹索缆浮桥，水上苍龙偃。东西溃九州，南北串百川。归舟紧不紧，如何见？却便似弩箭乍离弦。

普救寺

提到王实甫，人们必然联想到他写的《西厢记》。故事发生在离蒲州城不远的普救寺。

普救寺正门很有气势。山门、鼓楼和莺莺塔，一个高过一个。108磴石阶，象征着人的108种烦恼。依阶而上，给人的印象是在登山。没料到寺庙后面连接着高塬，分布着一大片仿古商业区。如果从天空上看下来，普救寺位于一个高塬的终端，好像是个龙头。设计师太有才了！

普救寺大门的横幅是原佛教协会会长赵朴初老先生所提："愿天下有情人终成眷属。"好像只有在婚姻介绍所才有这等文字，怎么跑到禅寺来了？

普救寺充满了辩证法。

藏经阁前有一副长联，写得妙极了。

　　从情始，以情终，字字情，句句情，一章一节，一回一折，一本书里全写的是情，西厢记中人物皆为情生，真个情感天地。

　　慕情来，惜情去，人人情，份份情，一砖一石，一草一木，四堵墙内无处不是情，普救寺里和尚也是情种，好个情乐境界。

你看，语不惊人死不休，"普救寺里和尚也是情种"，这还了得？我读了不由得一愣，如果是游客们随口说说倒也罢了，和尚懒得和你计较。高悬在藏经阁前，主持长老脸上可挂得住？其实不然，禅宗讲究见色不乱，有情却是无情，任凭外界百般诱惑，心中清静，空无一物。在情乐境界中更能成就解悟。

从营销学上来看，普救寺是一个非常成功的范例。在一般人心目中，寺庙应当是六亲不认，寡欲修行的地方。可是，普救寺逆势运作，偏偏成为闻名中外的爱情圣地。怎么不吸引人们的注意力？在禁欲的寺庙中谈情说爱，爱情得到升华，不仅格外富有情趣，简直将爱情神圣化了。一着鲜，吃遍天。在寺后有一群小旅馆，还有的旅馆开在窑洞中，专门提供给蜜月旅行的新人。跑到普救寺来度蜜月，确实很有品位。

在罗汉堂前有副对联："莫怪和尚们这般大样，请看护法者岂是小人。"

哪一个罗汉堂中的罗汉不是千奇百怪，形态各异，有的一本正经，有的大大咧咧，有的怒发冲冠，有的慈眉善目。罗汉的数目越多，对塑造者的挑战越大，稍不注意就出现雷同。这副对联的意思是说，别看和尚样子不正经，心中护法却一丝不苟。济公和尚说："酒肉穿肠过，佛祖心头坐。"普救寺和尚未必喝酒吃肉，可是看到情侣们成双成对，这个考验绝对不亚于饥肠辘辘时闻见了狗肉炖的"佛跳墙"。

鹳雀楼屡毁屡建，靠的是王之涣的一首小诗，普救寺名贯天下，靠的是王实甫的《西厢记》。朋友说《西厢记》是东方的《罗密欧与朱丽叶》，我连连摇头，有没有搞错？

王实甫出生于1260年，于1336年去世。在他之后两百多年，莎士比亚（1564—1616）才出生。唐代元稹(779—831)写的传奇小说《莺莺传》是《西厢记》最早的版本，比莎士比亚早了差不多800年。《罗密欧与朱丽叶》确实是感天动地的不朽著作，可是，如果莎翁读到《西厢记》，也一定会拍案称奇，佩服不已。

话说回来，即使莎翁拿到了《西厢记》，他也看不懂。当我看到翻成英文的中文作品时，总觉得非常遗憾，连基本的意境都没有翻出来，很难看到传神之作。中文实在很难。中国人学英文，有个三五年就可以过关，在美国教书、办事都没有多大问题。可是，你见过几个老外能用中文教学生？在文学作品上，中国人可以把外国名著翻成中文，惟妙惟肖，广为流传，脍炙人口。可是，老外把中国的名著翻成英文，读起来，味同嚼蜡，实在不敢奉承。有人抱怨，为什么中国人很难获得诺贝尔文学奖，我看主要还是文字翻译问题。如果翻成英文之后一点文采都没有，别说得奖，连读者都未必会有几个。此外，由于以前中国国势虚弱，有本事的老外不肯花时间来学中文，能将中文翻成英文的，多数都是三脚猫。倘若不能解决翻译障碍，在文学交流上基本上还是"鸡鸭对话"，各说各的。在这种情况下，怎么会有一个公平的评价基准？

《西厢记》的故事早已家喻户晓。普救寺将所有情节逐一落实。

老夫人住的梨花深院，莺莺住的西厢，张生和莺莺幽会的花园，等等。梨花深院前有崔莺莺的蜡像，游客可以和她合影留念，当然得花几块钱。崔莺莺在西厢赋诗，老夫人在正厅拷打红娘，等等，在各个景点都有蜡像陈列，形象固然逼真，但是太具体了，还不如在某些地方抽象一点，给人们留点遐想的空间。

在梨花院墙外有棵杏树，树身上绑着红绸。导游说，这就是张生爬墙时攀登过的杏树。《西厢记》将这一段写得非常生动。张生"手约青衫，转过栏杆，见粉墙高，怎过去？欲待逾墙，把不定心儿跳，怕的是月儿明，夫人劣，狗儿恶，墙东里一跳，在墙西里扑地"。

读过《西厢记》的人自然记得这颗杏树。我指着杏树问道："如果张生爬过这颗杏树，岂不是上千岁？看起来不像啊？"

导游笑着解释："原来那棵早已枯死，这是近年补栽的。"

图4　张生爬墙的杏树

其实，心有灵犀一点通。爱情的传递可以超越时间和空间。爱情不需要理由，爱情故事也不需要确切考证。张生爬墙，有杏树，爬，没杏树，也爬。有没有杏树都不要紧，谁还在乎真假？

普救寺的镇山之宝是著名的莺莺塔。"普救蟾声"与北京天坛的回音壁、河南的宝轮塔、四川潼南大佛寺的"石磴琴声"并称为中国四大回音奇观。莺莺塔和法国巴黎的钟塔、意大利比萨斜塔、匈牙利索尔诺克的音乐塔、缅甸掸邦的摇头塔、摩洛哥马拉克斯的香塔并列为世界六大奇塔。如果来普救寺而不关注莺莺塔，肯定是被爱情冲昏了头脑，连旷世奇观都顾不得了。

莺莺塔是老百姓叫出来的。旅游介绍上说它的正式名字叫舍利塔，恐怕不对。就像今天叫办公楼、教学楼，说的是用途，但是，哪个楼都还要有各自的名字，否则如何区分？佛塔多用来放置舍利，从用途上来说，都可以叫舍利塔，除此之外一定还有特指的称呼。如今连塔名都被湮没了，可见崔莺莺的魅力有多大。

1556年关中大地震，莺莺塔难以幸免。1564年，蒲州在地震之后又遭洪水，民不聊生。有人对蒲州知府张佳胤说："蒲州城，两头尖，黄河滩头一条船。只有在高埠建塔才能拴住蒲州这条船。"张太守决心治水，带头捐款。蒲州百姓有钱出钱，没钱出力，捐木头的捐木头，捐砖的捐砖，齐心合力，重修莺莺塔。

导游指着塔上的青砖说："这些砖有大有小，分明是多家百姓所捐。"

莺莺塔始建于隋唐年间，四方形结构，上下十三层，高36.76米。沿塔内转角楼梯，可达九层。塔外镶嵌多块石刻，记述寺塔兴衰往事。莺莺塔的外形很像西安的大雁塔和小雁塔，却有非常奇特的回音效果。在塔前20多米外有一块很大的"击蛙石"。千百年来游客的敲击留下来几个深深的凹槽。随便拣块石头在击蛙石上敲敲，从塔底传来清脆的蛙鸣声。连续敲击，则蛙鸣一片，这就是闻名中外的"普救蟾声"。据说，在塔内甚至能够听到几百米外人们的窃窃私语，莺莺塔简直成了一个超级窃听器。

有人说，塔里有个蛤蟆精，有人说，塔里有块会鸣叫的"禽砖"。自古以来，凡是解释不清的现象往往被覆盖上神秘的外衣，莺莺塔也不例外。西安交通大学和中国科学院声学研究所对莺莺塔的声学机理进行了频谱系统分析。研究结果表明，莺莺塔的地势高，四周开阔，没有其他障碍物，能够在很宽的角度上接受传来的声波。由于莺莺塔内部中空，具有共鸣效果；十三层塔檐结构特殊，对声音具有较强的聚集反射功能；塔壁的形状和青砖结构有助于扩大反射过程。这些要素凑合在一起，才形成了极为独特的回音奇观。

世界上有许多回音建筑，大多是圆形，在中间发出声响，声波传递出去，遇到圆形墙壁之后再反射回来，可以听到连续几声回响。近年来在许多地方修建了回音坛。海南三亚的南海观音前面有个很大的拜佛坛，回音效果相当好。莺莺塔的回音机理完全不同于其他回音建筑，在不规则的几何形状中产生了非常规则的共振、共鸣，完全无法复制。我们不知道这是古代建筑家们有意之作还是无意中的巧合，无论如何，莺莺塔的奇迹足以让我们中华儿女感到自豪。

我拣块石头，在击蛙石上敲打。

辛弃疾说"稻花香里说丰年，听取蛙声一片"。没有稻香，却听到了蛙声一片，妙哉，妙哉！

采石矶记行
二〇〇七年十一月二十三日

虞允文在采石矶大破金兵。毛泽东说"伟哉虞公,千古一人"。令人百思不得其解的是:失败的岳飞、文天祥、史可法名垂千古,胜利的虞允文却默默无闻。

长江三矶,采石为首

大江东去,将神州大地分为江南、江北。可是,李清照诗中写道"至今思项羽,不肯过江东",若有江东,必有江西,莫非大江有一段南北流向?确实如此。长江滚滚向东方,到了安徽天门山突然转了一个方向,向东北流去。自古以来,马鞍山一带就被称为江东。

闯出三峡之后,长江奔流在一马平川之上,未免有些单调枯燥,如果江边跳出来一块高耸陡峭的岩石,自然会成为人们驻足流连的热点。在长江转弯之处,一块巨石,天外飞来,砸破江中月影,突兀长江东岸,这就是著名的采石矶。在汉语中,矶指的是水边突出的岩石。采石矶和湖南岳阳的城陵矶、江苏南京的燕子矶并称"长江三矶"。采石矶的名气最大。

名胜的背后要有名人。如果没有人文底蕴,即使风景再好,也未必会久享盛名。之所以采石矶的名气特别大,是因为此地名人特别多。有文的,有武的,还有宜文宜武的,无论哪类人物都可以称得上华夏顶尖。文的是唐代"诗仙"李白,武的是明代"天下第一先锋"常遇春,文武双全的是宋代的虞允文。

采石矶地属安徽,往往给人一种错觉,交通不那么方便。其实,

图1 长江三矶，采石为首

完全不是那么回事。从南京机场出来有两条路，一条进城，一条去马鞍山，形成一个三角形。说起来马鞍山在安徽，实际上坐落在两省交界。如果乘飞机去马鞍山，出入都要经过南京机场。从南京机场到马鞍山的高速公路非常好，不到50公里，风驰电掣，一会儿就到了，好像比去南京市中心还方便。

以往，提起马鞍山就想起东北的鞍山。由于马鞍山钢铁公司雄踞此地，料必是高炉林立，烟尘滚滚。没想到，马鞍山居然像一个大花园。雨山湖位于中心，水域千亩，沟通长江。四条繁华的街道环湖而行，林木茂密，绿草如茵。

彩石赤乌，岁月沧桑

采石矶在马鞍山城南5公里，如今已经和市区连成一片。

采石矶的森林植被保护得特别好。在郁郁葱葱的山坡上有座小庙叫广济寺。叫广济寺的庙很多，在北京、南京都有，却都没有这座老。

广济寺规模不大，古迹甚多。门前有口井，名叫赤乌，这可不简单，东吴孙权的年号叫赤乌，239—251年。也就是说，这口井差不多1800岁了。据说，有人失手把水桶掉在井里，不久在江边找了回来。谁说井水不犯河水？

图2　赤乌井前莫称老

广济寺有副楹联——"经传白马，寺创赤乌"。白马指的是洛阳白马寺。佛教在汉明帝年间传入中国，最早的一座庙就是白马寺。广济寺创建于赤乌年间，间隔不过几十年。难怪广济寺号称是江南佛寺之祖庭。

三国时，广济寺掘井，挖出来一块彩色石头，和尚们用它琢成一个香炉。斗转星移，当年的彩石香炉早已不知去向，留下来"采石矶"的名称。如今，人们用类似的彩色石头做了一个仿制品放在寺内。其实，真假无所谓，反正又不打算卖给你。

佛教香火鼎盛之时，采石虽小，七十二寺。离广济寺不远就是小九华山。据考证，金乔觉曾在此闭关修炼，最后在九华山得道成为地藏王菩萨。著名的佛寺大多躲在深山老林之中，远远避开凡尘喧哗。采石矶在长江边上，地处交通要道。也许金乔觉认为这个地方人来人往，太热闹，才搬去了九华山。

采石矶上吊李白

也许不仅是因为交通方便，中国文学史上的大腕儿，如白居易、刘禹锡、王安石、苏东坡、陆游、辛弃疾等，不约而同来到采石矶。好像不登临采石矶，不留下些文字，就算不得第一流的诗人。固然采石矶绝壁临江，水湍石奇，风景绝佳，而吸引他们来到采石矶的原因很简单，这里是李白生命的终点。

李白生在何处尚无定论，有说四川，有说新疆，还有说是在今吉尔吉斯斯坦的碎叶城。不过他去世的地方肯定是在安徽当涂。李白被称为诗仙，他的故去也特别浪漫。

在安史之乱中，李白满怀报国激情跟着永王平叛，没料到站错了队，得罪了抢先登上皇位的唐肃宗，差点把命都丢了。他迫不得已，跑到当涂来投奔族叔李阳冰。白居易在《李白墓》中写道："采石江边李白坟，绕田无限草连云。可怜荒垄穷泉骨，曾有惊天动地文。"李白去世后10年，白居易出生。他们相隔不远。白居易见证了墓地的荒芜，可见李白晚年穷困潦倒，景况不佳。

可是，诗仙毕竟是诗仙，李白多次来采石矶，留下了50多首脍炙人口的千古绝唱。即使在逆境中李白也豪放如故。在他的诗歌中找不到忧伤、后悔、颓废、绝望。李白写采石矶："天门中断楚江开，碧水东流至此回。两岸青山相对出，孤帆一片日边来。"描述采石矶周边风光，至今还没有人能超越。人们传说，李白在采石矶上饮酒赋诗，从"联壁台"上跃入江心揽月，乘鲸升天。

千年之后，1964年，另一位才子郭沫若站在采石矶上说："李白这首诗写的就是这里，诗里的景象，站在这里我全看到了，诗如画，画如诗啊！"在采石矶的太白楼里有照片为证。

郭沫若在采石矶犯了个错误，在别人怂恿之下题诗一首，结尾是"红旗遍地红，光辉弥宇宙"。不予置评。

郭沫若回到北京后又填了首《水调歌头》。颇有佳句："我欲泛中流，借问李夫子，愿否与同舟？君打桨，我操舵，同放讴。"境界有点像苏东坡的赤壁之游。读到这里，原本期待着欣赏一段饱含哲理的歌，没料到狗尾续貂，"传遍亚非欧，宇宙红旗展"。不知道郭老的初稿如何，好像前后脱节，可惜，可惜。自己阿谀奉承还不算，还拉上千年之前的李白，何苦！李白傲骨仙风，岂肯屈膝同流？说不定一脚就把你踹下船去了。即便如此，郭沫若在两年之后爆发的"文化大革命"中也难逃厄运。他悔不当初，声称写过的几百万字都是大毒草，应当全部烧掉。其实，要不然不写，要写，就照实写，大了不起多株毒草。难怪人说，郭老郭老，诗多好的少。人家钱钟书、沈从文、曹禺搁笔不写，倒也干净。

话说回来，在采石矶大门处影壁上有郭沫若题的"采石矶"三个大字。郭老的字写得真棒，字体遒劲，名不虚传。

图3　郭沫若题字采石矶

在采石矶大门高悬一副楹联："泛洞庭湖八百里秋波，挂席来游，三楚风光携袖底；对太白楼一千年明月，举杯邀问，六朝烟景落樽前。"是谁能够从八百里洞庭而来，在太白楼举杯邀明月，笑谈金陵六朝烟雨？长江，只有万里长江才能如此豪放。这副对联有新意，不落凡俗，气魄之大，意境之宽，令人赞叹。且不知何人所作。

太白楼是采石矶的核心建筑。正门是典型的皖南民居风格。中间青底金字"李白纪念馆"。太白楼高十八米,三层,青石为础,木质结构,歇山屋面,飞檐翘角,古朴典雅。美中不足的是屋顶铺上了明黄色琉璃瓦。从色彩上讲,太白楼的黄色屋顶和周边并不协调。重修太白楼的设计者出于好心,却未必达到好的效果。改成翠绿颜色,和周围的竹林松柏打成一片是否更为合适?退一步,哪怕是普通灰瓦也行。

早年,黄色琉璃瓦是皇帝专用的。李白还没混上局级,怎么敢用黄琉璃瓦?部级领导都不配。如今,进入市场经济社会,黄琉璃瓦的垄断权早已不复存在。如今,只要有钱,烧制什么颜色的琉璃瓦都不成问题。许多暴发户喜欢给自家屋顶铺上黄琉璃瓦,甚至给祖坟也盖上几块黄琉璃瓦。用什么建筑材料原本是个人自由,外人无权干涉。不过谈谈视觉感受,是路人的言论自由,别人也管不着。归纳起来只有一个字:俗。

李白是诗仙,终生鄙夷铜臭,也无须摆谱。还是把黄琉璃瓦留给帝王陵寝和暴发户吧。

太白楼两壁回廊嵌有李白生平碑刻。太白堂上展出许多名人来访的照片。看到那些在电视上熟识的面孔,不由得一笑。当今,许多企业都有间荣誉室,展出来访贵宾的玉照。言外之意是告诉别人,本企业上面有人,别惹我。李白要什么广告?桃李不言,下自成蹊。但凡懂得一点中华文化的人都以拜谒李白为荣耀。无论来访者的官有多大,太白堂上哪里有他们的地位?阿拉伯的麦加何尝关注过谁来朝拜?说句公道话,来访的人未必知道他们的照片被挂在太白堂上,否则岂不愧杀?

清风亭在太白堂后院。我去的时候正值初秋,几树银杏、菩提,金黄灿烂,风景极美。

清风亭内有副楹联:"自公一去无狂客,此地千秋有盛名。"

是啊!在李白面前有谁还能狂得起来?唐诗宋词,是中华文明的奇葩,在律诗上,很少有人能超过李白、杜甫。

图 4　银杏菩提清风亭

现代大文学家田汉在采石矶题诗"酒涌大江流，人登太白楼。诗歌光万丈，今古各千秋"。他赞扬李白诗歌光芒万丈，这是真话。说"今古各千秋"是套话。1964年前后，毛泽东准备发动"文化大革命"，号召厚今薄古，要求农民每天都要写几首诗。六亿神州尽舜尧。田汉即使胆大包天也不敢说那些所谓的诗歌狗屁不通。之所以李白狂，能留下不朽诗篇，是因为唐朝有写作自由。大不了皇帝不用你，至于你写什么，只要不骂皇帝就成，基本上不管。如果田汉有这等待遇，也不至于解放后什么好作品都没写，连首小诗也委委屈屈，情不得已。

在采石矶有三尊李白的塑像，绝妙。太白楼中的是立像，太白堂上的是坐像，在采石矶上的是飞像。

立像是标准像，李白背着手，昂首挺胸，风度翩翩，好似正在吟诗。

坐像是生活像，李白喝高了，站立不稳，只好坐了下来，仰天长啸，手里还抓着酒杯。

最精彩的是在联璧台的飞像。李白完全醉了，眯着眼睛，张开双臂，像仙鹤一样扑向水中明月。

图5 李白立像　　　　　　　　　图6 李白坐像

采石矶在1500多年前就进入许多诗人墨客的佳作。李白的到来，为采石矶增添了浓墨重彩的一笔。在采石矶有太白楼、李白祠、捉月台等遗迹。李白说："古来圣贤皆寂寞，惟有饮者留其名。"斗酒百篇，喝得越痛快，写得越精彩。

古来将相何其多，一堆荒冢草没了。确实，对于一个人来说，权势、金钱算什么？说不定什么时候就不是你的。就算活着是你的，死了呢？生不带来，死不带去。唯独著作永远是自己的。

李白自采石矶升天，采石矶以李白而显赫。

图7 李白飞像

燃犀亭下音乐会

出李白祠,沿石阶穿行茂林修竹中,没多远就是著名的燃犀亭。

东晋年间,江州刺史温峤带兵平叛,经过采石矶。夜里听见岩下传来音乐之声。温峤命士兵点燃犀牛角,举着火把下去探寻究竟。只见波涛翻滚的江水突然变得异常平静,一群奇形怪状的水怪浮出水面,有的穿着大红衣袍,有的骑马驾车,飘然逝去。当晚,温峤做了个梦,一个穿着红色衣服的人愤怒地说:"你我幽明相隔,路途不通,碍着你什么了,要派人用燃烧的犀牛角来威胁驱逐我们?"说罢,甩手而去,不见踪影。从此,采石矶下再也听不到音乐了。

这个故事最早见于南北朝时刘敬叔所著的《异苑》。这本书是中国古代著名的志怪小说,记述了不少稀奇古怪的事情。有真有假,扑朔迷离。据此,后人在采石矶的悬崖上修建了"燃犀亭"。从唐代开始,不少诗人就此题材写诗作赋。后来,宋真宗赵恒还专门派人在采石矶的三元洞设"中元水府",祭祀安抚水神。如今所见的燃犀亭是清代长江水师提督李成谋在1887年所建。

燃犀亭前的悬崖或有30多米,扶着栏杆向下探望,绝壁犹如刀斧削成,江水卷着浪花,撞碎在岩壁上。夜半更深,万籁寂静,涛声听得更清。也许温峤将涛声听成音乐?一般人听到这样的解释也就接受了。温峤已经故去1600多年,死无对证,何必较真。可是,疑问依旧,温峤和他手下的将士走南闯北,饱经阅历,难道还听不出什么是涛声,什么是音乐吗?温峤是名人,他记录这件事情,似乎没有捏造和夸张的必要。

苏东坡写过一篇著名的散文《石钟山记》,考证江西湖口石钟山名称的由来。由于江水反复冲刷,在岩石下淘出了许多大小不一的空洞。如果水位恰到好处,江水拍击引起共鸣,好像是敲击编钟。当年,我曾在江西九江工作,在冬季水枯时专程去石钟山,爬到岩石下面考察,果然见到许多神秘的石穴。小的石洞像苹果、篮球,大的石洞比我还高，几个人钻进去可以打一桌扑克牌。

以此类推，在江水千百年冲击之下，燃犀洞悬崖下很可能也有许多大小不一的空洞。水位高时，这些石洞被淹没在水下。水位低时，石洞裸露在空气中。江水冲击岩石，只听到寻常的浪涛拍岸之声。只有水位在一定高度，江水半进半出，浪涛一来，可能引起岩洞的共鸣。东晋时候的音乐以敲击乐为主。由于岩洞有大有小，共鸣的频率有高有低。假若大小岩洞配合得当，就有可能发出高低不同的音阶。假若温峤来到采石矶的时候，长江的水位、流速和风速几个因素都配合上了，没准真的可以听见水下传来的音乐。未必是神怪志异，无中生有。

后人缺乏苏东坡那样的研究精神，缺乏必要的物理知识，只好借助丰富的想象力，请出鬼怪来敷衍。久而久之，居然成了一个非常著名的鬼怪故事。我不明白为什么温峤命令部下点燃犀牛角照明。满山树木，扎个火把岂不更容易？更不明白为什么点燃犀牛角有驱鬼的功能。志怪故事就是这样，解决了一个问题，后面还有更多的问题。探索无穷，回味无穷。

三官洞中探水神

从联壁台走下去，没多远就看见三官洞。一组古典建筑紧贴着石崖，好像悬空在江水之上。三官洞内还有一个小洞，好似一条隧道，一直下探，直达水边。在洞口可以清晰地听见下边浪花拍击的声音。

传说有三个湖南秀才进京赶考，在采石矶遇到狂风恶浪，来此避难。他们因祸得福，三个人全部考中，包揽三甲。为了感谢神灵佑护，他们在泊船的崖边修建庙宇奉祀水神。从此以后，三官洞成了赶考学子必游之地。道教将天官、地官和水官合称三官。天官赐福，地官赦罪，水官解厄。三官庙很多，唯独这里的三官还负责保佑考试成功。

图 8　半悬水上的三官洞

有的时候，中国人的逻辑很奇怪。当老师的都明白，无论考试有多少弊病，没有考试却万万不能。考试是通过竞争来识别人才。竞争的基本原则是公平。在考试中必须一视同仁，大家站在同一起跑线上，比赛才有意义。只有公平竞争才能促进效率，奖励先进，激励后进。如果给三官老爷烧炷香就可以在考试中占点便宜，这和舞弊还有什么区别？西方的历史没有我们这么长，可是人家非常强调竞争规则，在基督教中绝对没有什么神灵来帮助考生作弊。实际上，中国科举考试的规矩也很严格。如果发现科场弊案，主考官和作弊的考生都可能被杀头。可是，在民间似乎并不在乎竞争规则，甚至在作弊时还找神灵来帮忙。

在三官洞口的石壁上凿有一个洞穴，里面供奉一尊汉白玉女神。她容貌清秀，栩栩如生，衣襟飘动，双手既没有在胸前合十，也没有垂放在膝上。她比划着，说了什么？费人思量。

朋友说，这是孙尚香，孙权的妹妹。在《三国演义》中，按照周瑜的主意，她嫁给了刘备。结果，东吴"赔了夫人又折兵"。孙尚香是否真心喜欢刘皇叔，不知道，但是在权术倾轧之中，她必然成为政治斗争的牺牲品。在各种戏剧、小说中，孙尚香蛮有个性。当东吴兵马追来之时，她果断、刚毅，敢作敢为，连那些久经沙场的

图9　谁能看懂孙尚香的手势

将军都怕她。嫁到荆州之后,她听说母亲有病,赶回探望,也是人之常情。在吴蜀交战中孙尚香滞留东吴,两头为难。听到刘备大败之后病死白帝城,孙尚香不能前往奔丧,登采石矶遥祭。爱恨情仇,百感交集,举身投水,化为水神。

这个故事美丽而有些凄惨。回头一看,三官洞的崖壁上刻着四个字——"定江神祠",孙尚香就是定江女神。

常遇春的大脚印

停在三官洞码头上的游船,被装扮得古色古香,好像是定江神祠在水边的一座亭台楼阁。我们登船后,这座亭阁就慢悠悠地漂进了江心。长江水面很宽,采石矶对岸只是江中的一个沙洲,主航道在沙洲那边。难怪我以前乘江轮来往于南京和武汉之间,却从来没有在客轮上看见过采石矶。如要看清采石矶全貌,非泛舟江心不可。

采石矶上有条小道,抵达悬崖后变成腾空的栈道。朋友指点说:"看,那里有个大脚印。"我眼神不好,看了再看,也没分辨出来。据说在岩石上有一个两尺长、半尺宽的大脚印。这是朱元璋的大将常遇春攻打采石矶时留下来的。

在至正十五年（1355年），朱元璋率军攻打太平。那个时候，常遇春刚刚入伍。在攻打采石矶时，遇到元军顽抗。常遇春挺立船头，大喝一声，纵身跃上崖头，连斩数人。在岩石上留下了他的脚印。常遇春的神勇吓倒了元军，后续兵马一拥而上，攻占了采石矶。从此常遇春成了朱元璋手下第一先锋。他说，只要率十万兵马就可以横行天下。在朱元璋时代，将星闪耀，徐达和常遇春是最耀眼的二颗。在许多历史书中都记述了常遇春在采石矶战役中的骁勇善战。

可是，岩壁上的大脚印却令人疑窦丛生。第一，脚印长二尺，宽半尺，按此推算，常遇春身高三米以上。从生物学角度来看，不可能。第二，从物理学角度来讲，常遇春就是穿钉鞋也很难在岩石上凿下这么深的印痕。第三，从军事学角度来看，倘要攻下采石矶，绝对不会从这里发起攻击。第四，……好了，打住。民间传说要的就是好听，哪有工夫去考证什么可能不可能。

在史书和民间传说中常遇春都是一位所向无敌的英雄，连金庸小说中也要请他出来亮个相。采石矶就是常遇春的成名地。可惜，常遇春英勇善战却杀戮太重，在征伐漠北胜利凯旋时病死途中，年仅四十。

虽然在游船上看不清楚大脚印，却无论从哪个角度都可以看清楚刻在石壁上的四个大字——"天下太平"。

图10　悬崖上的天下太平

千古一人虞允文

南宋嘉定九年（1216年），在采石矶广济寺西侧修建了虞忠肃公祠。宋理宗赵昀赐庙额"英烈"。元代，虞公祠被毁。明朝景泰三年（1452年），人们在宝积山重建虞公祠，并确定每年十一月一日为祭祀日。清代以后虞公祠渐渐淡出人们的视野。如今，在采石矶上有许多历史遗迹和民间传说附会，却再也找不到虞公祠。

虞公祠纪念的是南宋的虞允文。

毛泽东曾在《续通鉴纪事本末》批道："伟哉虞公，千古一人。"在他的讲话中曾多次提到虞允文指挥的采石矶之战以少胜多，以弱胜强，变被动为主动，是古今中外罕见的战例。毛泽东精通中国历史，极少给一个历史人物如此高的评价。

如今，人们对《明史演义》中常遇春三打采石矶津津乐道，在采石矶上给财神、魁星修庙建阁，却忘记了赫赫有名的民族英雄，岂非咄咄怪事？

人们熟识岳飞抗金的故事，《说岳全传》一直在民间广为流传。可是，为什么不问一下，岳飞屈死在风波亭之后，南宋是不是很快就被金兵的铁骑踏平了？岳飞于1142年遇难，南宋亡于1279年，中间相隔137年。为什么气势汹汹的金兵突然停止了攻势？

虞允文在采石矶大败金兵，扭转了战局。

我们不妨对比一下岳飞抗金和虞允文抗金所面对的态势。

岳飞对抗的是金国元帅完颜宗弼，民间称之为金兀术。当时金国的皇帝是金熙宗。在朱仙镇战役中金兀术统兵10万，败在岳家军手下。当时整个战局对南宋有利，在朱仙镇大捷之前的一个月，刘锜刚刚取得顺昌大捷，金兵南下的势头严重受挫，大河南北捷报频传。

二十多年以后，虞允文对抗的是金帝完颜亮本人。完颜亮骁勇善战，年轻时跟随金兀术南征北战，一直打到浙江台州。他当皇帝之后念念不忘江南的"三秋桂子，十里荷花"，下决心一统天下。他下令将全国20岁以上，50岁以下的丁壮都纳入军籍，征发女真、契丹军马24万，汉军、猛安谋克正军27万，动员的总兵力几近60万，倾全国之力于1162年分四路南下，打算一举灭亡南宋。虞允文面对的压力远远超过当年的岳飞。

岳飞抗金时有一批爱国将领，韩世忠、刘锜、吴阶等，分别在各地抗击金兵。民间恢复中原的士气高昂，抗战舆论呼声甚高。

在冤杀岳飞以后，宋高宗和秦桧狼狈为奸，一味屈膝求和。南宋军无斗志，将领们经商敛财，士兵作小买卖，跑单帮。战斗力衰竭，不堪一击。虞允文抗金的内部环境更为恶劣。

在金兵攻击之下，两淮的宋军全线崩溃，完颜亮趾高气扬，视如无人，饮马长江，随时准备渡江，完成最后一击。宋朝皇帝还是那个苟且偷安，惯于投降逃跑的宋高宗。听说金兵南下，他吓得魂不守舍，先准备逃往四川，再准备流亡海外。南宋社稷危在旦夕。

虞允文面临的局面简直糟得不能再糟，双方力量对比悬殊，和历史上隋朝韩擒虎收拾陈后主陈叔宝，宋朝赵匡胤解决南唐后主李煜一样，没有什么悬念。基本就是一盘死棋，败局已定。

虞允文是个学者，从来没有执掌过军权。他的官衔是"中书舍人"，和军事毫不相干。他以参谋军事的身份被临时派往芜湖前线犒劳军队，并没有得到朝廷授予的指挥权。他手下连一支基干的作战队伍都没有。他的处境还不如多少年后的文天祥，更不如明末的史可法。史可法是朝廷任命的督师，临危受命，手握兵权。虞允文几乎一无所有。

史书记载，当虞允文到达采石矶时，只见逃到江南的宋军，群龙无首，三五成群地散坐路边，士气十分低落。长江北岸，金兵连营，"金主（完颜）亮登高台，张黄盖，被（服）金甲，据胡床而坐,（宋）诸将已为遁计。"

虞允文挺身而出，立即召集被打散的军马，整顿队伍，在长江南岸布阵。有人劝说:"你只受命犒师,没有受命督战,别人坏事,你何必来顶缸?"虞允文仰天长叹:"危及社稷,吾将安避至?"他对士兵说:"今日事有进无退,与其坐以待毙,不如战死沙场,捐躯报国正是我平生志向。"在虞允文到采石矶之前,宋军是一群打了败仗、士气低落的散兵游勇,虞允文讲清了道理,很快就变成了一支勇敢奋战的生力军。由于官军胆怯,不敢出击,虞允文打破常规,组织民兵,和正规军共同作战。在虞允文直接指挥下的宋军只有区区二万余人,面对强敌,敢于抗争,需要何等勇气和谋略!

完颜亮和宋军打了多年,对宋朝情况了若指掌,在他掌握的宋军将领名单中根本就没有虞允文。在他眼睛里,虞允文一介书生,领着一群乌合之众,无异于螳臂当车。虞允文的这点兵马还不够他一口吃的。

完颜亮亲自指挥金兵渡江,"一瞬间,七十余舟已达南岸"。宋军在虞允文的指挥下,"皆殊死战,无不一当百"。金军挫退,登船北撤,被南宋民船截击,伤亡惨重。第二天,虞允文出击北岸的杨林渡口,烧毁金军准备用来渡江的船只。完颜亮兵锋受挫,战船被烧,在采石矶渡江的计划完全落空。他移师扬州。虞允文针锋相对,带兵赶赴镇江,严阵以待。在决战前夜,金兵内讧,诸将射杀完颜亮,撤军北归。《宋史·虞允文传》记载,虞允文带兵到镇江,老将刘锜在病榻上说:"想不到朝廷养兵三十年,大功反出于你这样一个儒生,真叫我们武将羞死。"

"采石之战"是南宋唯一的一次击败金军渡江的战役,以少胜多,在历史上具有重大的意义。从此形成了宋金南北对峙的局面,让南宋政权得以再延续一百多年。如果没有虞允文,金主完颜亮没准就成了统一中国的元世祖忽必烈或清圣祖玄烨。

世界上的事情就是这样吊诡、不合情理。

精通兵法的大将岳飞抗金,失败了。学者虞允文抗金,却大获全胜。

什么叫合理，什么叫不合理？

黑格尔说"存在就是合理"。虞允文胜了，合理，文天祥、史可法败了，也合理。

令人百思不得其解的是：失败的岳飞、文天祥、史可法名垂千古，胜利的虞允文却默默无闻。这合理吗？

作为文人，虞允文的名气肯定无法和李白并肩。他一生读书勤奋，著述颇丰，有《经筵春秋讲义》三卷、《唐书注》《五代史注》《乾道重修敕令格式》一百二十卷、《虞雍公奏议》二十三卷、《内外制》十五卷、《诗文集》十卷、监修《续会要》三百卷。《宋诗纪要》收录了他的两首诗，《宋代蜀文辑存》收录他八十五篇文章。

虞允文还是一位书法家。笔致含蓄，情趣天成。传世的墨迹有《适造帖》《钧堂帖》等。

采石矶是历代兵家必争之地，在这里发生过二十多场著名的战役。人们津津乐道常遇春三打采石矶，很少有人知道决定中国命运的采石矶大战。常遇春的神勇固然值得仰慕，不过，一员猛将的作用哪里比得上抗金主帅虞允文。在这里有李白捞月的联璧台，有常遇春登岸的大脚印，却遍寻采石矶也找不到虞允文的抗金遗迹。

自古以来，人们对岳飞的屈死愤愤不平，凭空为《说岳全传》添了一个光明的结尾。岳飞的部将牛皋活捉了金兵统帅兀术，"笑死老牛皋，气死金兀术"。人们宁肯相信这些毫无根据的故事而不愿意研究一下虞允文在采石矶大破金兵的史实，这是什么原因？

人常说："以史为鉴。"可是，如果镜面不平，难免扭曲形象。历史这面镜子对真实的扭曲非常厉害。文学作品对社会舆论的诱导，往往放大了各种扭曲。如果罗贯中、施耐庵这样的大作家写部小说，歌颂虞允文抗金，也许会完全改变人们对历史的认知。

滚滚长江东逝水，浪花淘尽英雄。

虞允文和他的抗金故事早已随大江而去。让人困惑不解的是，难道负责采石矶旅游开发的人不知道虞允文大败金兵？不知道毛主席对虞允文的高度评价？虞允文祠在史书上确凿有据，怎么还没有恢复起来？常听人说，如今干什么都要考虑商业价值。采石矶背后丰富的人文史料，饱含着极为丰富的商业价值。坐在金山上讨饭，目光短浅。当今文艺界只知道翻来覆去炒作《红楼梦》《三国》，不知道哪个有勇气来写采石矶！

采石矶，三分山水，三分诗歌，三分历史，还有一分，也许是困惑，也许是期待。

内蒙古记行

二〇〇七年十一月十四日

成吉思汗和王昭君，战争与和平。笑到最后的可能还是王昭君。我佩服成吉思汗的显赫武功，却更欣赏王昭君的和平安详。

阴阳相辅内蒙古

飞机降落在呼和浩特机场。

舷窗外新落成的候机楼十分引人注目。乍一看，有点像美国华盛顿的里根机场。巨大的建筑由一个又一个圆顶联结组成，好像是一连串的蒙古包。整个建筑就像一曲凝固的蒙古长调，提醒你已经来到了塞外草原。

提起草原来，必定是"天苍苍，野茫茫，风吹草低见牛羊"。没料到呼和浩特有那么多新修的摩天大厦，街上那么多车。入夜以后，灯火辉煌，流光溢彩。规模巨大的购物中心，人流汹涌，摩肩接踵。和其他大城市一样，呼和浩特也堵车。人们常用车水马龙来形容交通繁忙，幸亏交通警察不让骑马进城，否则堵得更厉害。

我入住的新城宾馆是内蒙古的国宾馆。清晨，拉开窗帘，发现院内草地上有一群羊。服务员笑着解释，来到草原就要尝尝新鲜。与其到外面去买羊肉，还不如赶上一群，养在院子里，要吃就杀几只。恐怕全国的五星级饭店没有哪家能做到这一点，在随意之中尽显草原本色。

无论是在机场还是在旅游景点，最常见到两个人的画像，一个是王昭君，一个是成吉思汗。王昭君于公元前 33 年出塞。成吉思汗在 1215 年登基。尽管王昭君比成吉思汗早了 1200 多年，可是，王昭君永远是那么年轻漂亮，成吉思汗则永远是一大把胡子。昭君的温柔美丽与成吉思汗的阳刚威武，一阴一阳，相辅相成。历史选取了他们最具特色的瞬间，分别定格，赋予永恒。从某种意义上来讲，成吉思汗和王昭君，不正好分别代表着战争与和平吗？究竟是战争还是和平更值得歌颂？成吉思汗，金戈铁马，赫赫武功，打遍天下无敌手，可是，笑到最后的可能还是王昭君。

青城郊外探青冢

呼和浩特号称青城，城南数里就是赫赫有名的昭君墓，号称"青冢"。历朝历代昭君出塞都是一个魅力无穷的话题。就是在《红楼梦》中，才女们也少不了就昭君故事大发一通感慨。

图 1　昭君墓前昭君像

由于市政建设发展迅速，呼和浩特市区基本上已经和昭君墓连接在一起了。出城不远，昭君墓平地而起，巍然屹立，十分醒目。

初冬季节，杨树的叶子已经落尽，路边树叶早已枯黄，唯独昭君墓上草色青青，难怪人们把昭君墓称为青冢。

从大门到昭君墓有200多米。东面是仿照湖北秭归昭君村兴建的汉代宫阙，西面是颇具草原特色的博物馆。正中屹立着汉白玉雕塑的王昭君，和我在湖北昭君村所见一模一样。据说是内蒙古的艺术家同时塑造了两座，一座留在青冢，一座送去王昭君的故乡。王昭君身着汉装，婀娜多姿，光彩照人。

墓区中心是王昭君和呼韩邪单于骑马铜像。夫妻双双，并驾徐行。王昭君披着斗篷，明眸皓齿，面带笑容。呼韩邪单于英姿雄武，幸福地护卫着娇妻。一般来说，铜像大多面向前方，可是这组铜像的两匹马却由东向西。无论是按照草原还是内地的规矩，妻子总要让丈夫半步。细看这组铜像，单于的马果然比王昭君快半步。不过由于马的走向是由东向西，游客从正门进来，在他们眼里，王昭君在前，而她的丈夫在身后。既突出了墓主人王昭君，又顾全了历史，艺术家的构思确实不同凡响。

图2　王昭君和呼韩邪单于谁的马走在前面

昭君墓高33米，朴素无华。据说是无数草原牧民用衣襟兜土堆积而成。"晨如峰，午如钟，酉如枞"，早上看昭君墓像座山峰，到

图3 千秋青冢

了中午再看像座钟,晚上再看,模模糊糊,像个大蘑菇。

我登上昭君墓,极目远眺,长风从大青山吹来,大黑河水在阳光下闪闪发光,土默特草原一望无际。倘若时光逆转两千年,在王昭君眼中,山还是这山,水还是这水。从那个时候起,数不清有多少人在这块土地上生活过,其中有多少帝王将相,达官显贵,却有谁能把自己的形象永远和这块土地牢牢地结合在一起?

李白诗曰:"汉家秦地月,流影照明妃。一上玉关道,天涯去不归。"李白说得不错,出了玉门关之后,昭君就再也没有回过故乡。可是,李白、苏东坡离开四川之后何曾回去过?思乡之情人皆有之,却未必要弄到痛心疾首的程度。

昭君出塞究竟是自愿还是不自愿?后人的说法截然不同。历朝文人大多倾向于不自愿。在许多诗人笔下,王昭君悲悲戚戚,哭哭啼啼。例如,北周庾信的《昭君词》写道:"片片红颜落,双双泪眼生。"其实,他们哪里理解王昭君,只不过是在借酒浇愁,抒发自己的失落和幽怨罢了。

到了20世纪60年代,刮了一股翻案风。为了强调民族大团结,180度大转弯,把王昭君改变成顾全大局,为国舍己,主动请缨,欢欢喜喜出塞的女豪杰。其实，这两种看法都有些偏颇。

昭君出塞也许并不是什么主动选择，哪有一个弱女子愿意远嫁他乡？她初到草原，肯定吃了不少苦。但是，命运却赋予了她一次绝无仅有的机会。应当说，王昭君成功地抓住了这个机会。她在草原上站住了脚，为边境人民争取到60年和谐安定。她的子孙后代继续为民族团结而努力，青史留名。还是蒙古族诗人荣祥写得好："早知白发催人易，不信红颜报国难。千载思乡犹可见，坟边流水向长安。"

想当王昭君，容易吗？

再返鄂尔多斯

拜谒过昭君墓之后，我问朋友："成吉思汗陵在什么地方？"

回答："鄂尔多斯，离开呼和浩特200多公里。"

我看看时间表，非常遗憾，必须第二天赶回北京，随后几天不是讲课就是开会，没空。朋友们热情地说："何不过几天再来？去鄂尔多斯讲演，顺道看成吉思汗陵，岂不是两全其美？"听到这个建议，我真的有点动心，不过，算算时间，确实太紧张，不好安排，算了吧，以后再说。

在欢迎宴会上，两个身着蒙古袍的小伙子抬上来一头烤全羊，羊头对着我，羊脖子上扎块红绸。主人邀我将红绸移开，递来一把蒙古刀，让我在羊头上割一个十字。我心里直嘀咕，虽说是只小羊，可是凭我们几个人怎么也吃不掉。好在可以打包，让主人带回去，否则岂不要撑死？

席间来了三位艺术家，一个人拉马头琴，两个人唱歌。别看只有三个人，本事可大了。他们嗓音洪亮，组合起来音域宽广，音色很美，悠扬自若，随意发挥。歌声好像把我们带到大草原上，闻到了野花的清香。在草原上，赶着牛羊，不唱歌，干什么？马背上的民族能歌善舞，名不虚传。

蒙古人敬酒非常豪爽，先给你斟上一杯，他也端起一杯，对着你唱《敬酒歌》，你若不喝，他就一直唱下去。酒不醉人人自醉。几杯奶酒下去，热血沸腾，情绪高昂，当主人再次提出邀请时，我毫不迟疑，好吧，再去一趟鄂尔多斯。

第二天，我匆匆回到北京大学，讲课、开会，两周之后应约飞往鄂尔多斯。

讲课之余，主人请我出席在蒙古大汗金帐中举行的"鄂尔多斯婚礼"。当然，这是一个艺术表演，并不是真的结婚。金帐很大，直径或有五十多米，当年成吉思汗也未必拥有这么阔气的帐篷。一进门，盛装的蒙古女郎献上一条哈达，邀请我作为新郎家的代表。鄂尔多斯婚礼，载歌载舞，声情并茂。从双方家长谈婚论嫁，新郎迎娶，新娘哭嫁，一直到洞房花烛。最后，在喜庆歌舞中请客人下场共舞，欢歌笑语，亲如一家。

恕我孤陋寡闻，以前只知道鄂尔多斯是一个著名的羊毛衫品牌，实际上，鄂尔多斯已经成为一个非常发达的工业城市。黑的煤炭，白的羊毛，一黑一白，让鄂尔多斯的富裕程度远近闻名。

陵园中的骑兵方阵

出鄂尔多斯没有多远就是成吉思汗陵。在一个高大的圆柱顶端，成吉思汗骑在骏马之上，高举权杖，威严地注视着一望无际的大草原。塑像的背后是巨石垒起的两个直角三角形。上面雕刻着成吉思汗的故事。

初冬，落日余晖洒在一片旷原上。漠北长风从九天而下，吹动着塑像四周的战旗。原野寂静，战旗猎猎，天地之间显得格外开阔。是啊！只有如此辽阔的草原才能容得下成吉思汗的万丈豪气。

穿过纪念碑，突然，一支蒙古骑兵展现在我们的面前。在起伏

图4 成吉思汗陵的大门

的山峦上陈列着数不清的蒙古骑兵。勇士们跃马扬刀,威风凛凛,铺天盖地而来,非常真实地再现了当年那支无敌于天下的军阵。

每个铁人身高4米,比真人几乎大一倍。这个军阵给人们的震撼力绝对不亚于秦始皇陵的兵马俑。秦代兵马俑主要是步兵方阵,而眼前的是成吉思汗出征时的骑兵方阵。采取现代工艺铸造的蒙古骑兵要比两千年前的兵马俑更生动,更威风。

骑兵方阵的中间,24头牛拉着成吉思汗的中军大帐,戒备森严。据说,蒙古军队常常在夜晚行军,而牛的眼力要比马更好。在威风凛凛的骑兵大队之后,有一群骆驼,显然是后勤保障的运输大队。军阵中还有一大群牛羊。成吉思汗的大军走到哪里都赶着牛羊,没有军粮的时候,就杀几只羊。游牧民族的生活特点非常适合流动性作战。

蒙古朋友送给我一袋"成吉思汗军粮",其实就是风干牛肉。据说每个骑兵只要带上几包,就可以长途奔袭几百里。成吉思汗的军队具有超时代的机动性。每一个骑兵都有二三匹马,跑累了就换一匹。一支一万人的军队,在运动中往往可以战胜十万大军。他们如同旋风一样,横扫欧亚大陆。我把一块成吉思汗军粮放在嘴里,好半天也没有嚼烂。看起来，我还没有资格跟着成吉思汗出征。回到家里，把这些"成吉思汗军粮"倒进锅里，慢火炖上几个小时，居然发起来一大锅喷香的红烧牛肉。

成吉思汗的陵墓在哪里？人们都说在鄂尔多斯草原，却没有人知道具体的地点。传说成吉思汗西征时路过鄂尔多斯，他手里的马鞭掉在草原上，他沉思片刻，对诸位大将说："这里是衰亡之朝复兴之处，太平盛邦久居之地，梅花幼鹿成长之所，白发老翁安息之地。遵照长生天的安排，我死后就埋在这里吧。"后来，成吉思汗病逝于甘肃六盘山，灵车经过鄂尔多斯，车轮陷入泥泞，纹丝不动。部将们想起成吉思汗的话，于是将他的陵地选择在这里，并且派了500户蒙古达尔扈特勇士在这里世代守卫陵寝。

其实，成吉思汗的陵寝在哪里都不重要，只要草原在，人们就记得成吉思汗。

成吉思汗的超级版图

在罗马的博物馆的墙上我曾看到几幅罗马帝国疆域图。极盛时期的罗马帝国几乎覆盖了整个地中海四周。

成吉思汗陵的中央平摊着一块很大的地图，据说这是中国历史上最大的版图，比罗马帝国的疆域不知道大了多少倍。鲁迅先生讥讽说，这也许是我们老祖宗最阔的时候。站在这块地图上，我却不知道该说些什么。当我们说一个国家的版图时，意味着中央政府能够对这块土地实行有效治理。起码要做到三条：第一，征收税赋；第二，任命官员；第三，执行司法。如果没有这几条，就算是打下来一个又一个地方，顶多只能算是名义上的联合体。那么，成吉思汗建立的是一个严格意义上的国家吗？

成吉思汗在1206年建国。他有四个儿子，个个能征善战。他将咸海、里海和北高加索一带封给他的大儿子术赤，老二察合台领有中亚一带广阔的土地。老三窝阔台分得蒙古西部、新疆。按照蒙古族传统，他的幼子拖雷领有蒙古本部。

成吉思汗于1218年花了四年时间征服了西域之后，1226年亲征西夏，1227年病死军中。窝阔台即位后，继续扩张。1231年征服高丽，1234年联宋灭金。1236年术赤的儿子拔都率军西征，所向披靡。1238年火烧莫斯科，1240年摧毁基辅，1241年大败波兰、德国和条顿骑士团联军。六年之内横扫欧洲，兵锋直指英吉利海峡。1241年窝阔台去世。由于路途遥远，到了1242年，消息才传到拔都军中。蒙古军停止进攻。拔都在伏尔加河下游的萨莱建立了钦察汗国。

在窝阔台去世十年之后，经过反复争夺，拖雷的长子蒙哥在1251年登上大汗宝座。拖雷有四个儿子，老大蒙哥，老二忽必烈，老三旭烈兀，老四阿里不哥，也都是出色的军事天才。蒙哥派忽必烈攻湖北襄樊，旭烈兀西征中东，阿里不哥留守草原。蒙哥是员猛将，自己带兵攻四川，打算成功以后沿江而下，吞并南宋。

按照蒙哥的判断，柿子先挑软的捏。宋朝一向软弱可欺，当然先对南宋下手。说起那个时候的宋朝来，实在窝囊。先败于辽，后败于金，被打得节节败退，连宋徽宗和宋钦宗两个皇帝都让金兵抓走了。辽和金虽然厉害，却没想到，螳螂捕蝉，黄雀在后，后起的蒙古更厉害。蒙古连续灭掉了能征善战的西夏、辽和金。在蒙古大汗蒙哥的眼里，打败南宋似乎不费吹灰之力。可是，蒙哥做梦也没想到，进攻南宋一连打了八年，屡攻不下。1260年蒙哥负伤，死于重庆钓鱼城下。

蒙哥派旭烈兀于1253年西征，势如破竹。1258年蒙古军队攻陷巴格达，建立伊尔汗国。疆域从地中海一直到印度洋。旭烈兀在1260年占领大马士革，准备血洗埃及。幸亏在这个时候，南宋军队击毙了蒙古大汗蒙哥。各路蒙古王公纷纷撤兵，赶回去争夺皇位。中东总算逃过一难。历史学家说，在反侵略这一点上，中国为中东和非洲做出了重大贡献。

在蒙哥时代，蒙古帝国鼎盛，疆土包括钦察汗国、察合台汗国、窝阔台汗国和伊尔汗国等四大汗国和蒙古本土。版图之大无与伦比。蒙哥称大汗，四大汗国都是中央政权的藩属，军队要听大汗统一调遣。可是，好景不长，蒙哥去世后，蒙古帝国立即分崩离析，内讧连年，各王国相互攻略讨伐，血战不已。对于蒙古贵族来说，最大的敌人就是另外一群蒙古贵族。

四大汗国相隔万水千山，那个时候又没有电话、电报，若要通个消息，骑马送信，起码要好几个月。蒙古各个汗国各行其是，再也没有统一的军事行动。尽管元朝在名义上是中央政府，却对各个汗国一点办法都没有。说来奇怪，元朝和四大汗国都只延续了一百多年。1368年元顺帝逃出北京，元朝灭亡。两年之后，察合台汗国亡于后起的帖木儿帝国。1387年钦察汗国亡国，第二年，伊尔汗国也灭亡了。如此步调一致，确实也是个怪事。建立在军事威慑上的政权，其兴也忽，其败也快。

不能齐家，焉能治国

古代圣贤说："修身，齐家，治国，平天下。"凡事要从基础做起。如果连自己的家都管不好，还能治理天下吗？

也许是游牧民族的文化底蕴不够，马背上打天下的成吉思汗没有看过《论语》，缺乏治国安邦的知识。成吉思汗打遍天下，却没有能力管好自己的家。在成吉思汗还活着的时候，他的大儿子术赤就和他有矛盾，不买他老子的账。别说纳税，没翻脸、厮杀就算不错了。

成吉思汗没有建立一个有效的传承制度。蒙哥死后，四大汗国各自为政，四分五裂，相互厮杀。在世界历史上很少见到一个军事力量如此强大的帝国，在行政系统上却如此混乱。

成吉思汗不太研究如何治理国家，破坏力太强，不得民心。蒙古军队经常屠城。在攻下一座城池之后，无论老幼妇孺，全部杀光。

蒙古军队以区区几万兵力,远征万里,他们不可能处处分兵把守,非常不放心后方保障。为了消除后顾之忧,最简单的办法就是将占领区的居民全部杀光。蒙古攻金之前,金国有768万户,灭金之后仅剩下87万户,人口下降89%。你看,有多可怕!蒙古骑兵横行天下,却仍然保持着游牧民族的习惯,走到哪儿算哪儿,并没有长期居留或统治下去的打算。

其实,成吉思汗在晚年时候已经认识到这个问题,1222年,他邀请长春真人丘处机来到他的指挥部,请教能否长生不老。丘处机的回答非常有意思,"清心欲,戒杀戮,敬天爱民"。长生不老是不可能的,治理好国家要靠仁慈,一味凭借武力征服是难以长久的。成吉思汗听明白了,封他为"大宗师"。可惜,此时成吉思汗已经太老了,第二年就病死在征讨西夏的路上。

成吉思汗还犯了一个非常愚蠢的政治错误,他把治下的居民分为四等:蒙古人,色目人,汉人和南人。南人包括原来南宋境内汉族和西南各族。他们受到民族、阶级双重压迫,必然要奋起反抗。种族歧视是非常糟糕的事情,哪怕是多数人歧视少数人,也会导致社会动荡不安。像蒙古政权那样,居然推行少数人歧视多数人的政策,不是自寻死路吗?

成吉思汗不懂得齐家,内讧严重削弱了蒙古的军事实力;他又不懂得治国,不搞建设搞种族歧视,埋下了种种不稳定的因素。成吉思汗是个军事天才,他培养出来的也都是军事家。可是,他身边却没有经济学家和政治家,不懂得如何治理天下,如何建立一套有效的行政制度。只有让老百姓安居乐业,社会才能稳定。就是军人也有家,也要吃饭穿衣。蒙古骑兵长于掠夺,不关心建设,必然和老百姓处于尖锐的对立之中。在战争中培养出来的军事天才们一旦凋零,蒙古政权就再也找不到支撑点了。

1260年忽必烈建立元朝之后,南宋继续抵抗将近20年。1279年陆秀夫背着南宋最后一个小皇帝在广东投海自尽。仅仅70年后,

"挑动黄河天下反"，八月十五，吃月饼，杀鞑子，农民起义大潮一浪高过一浪。1368年，元顺帝逃出北京，元亡。

成吉思汗是个大英雄。可是，明代大儒宋濂主编的《元史》对成吉思汗的评价极短，只是说他"深沉有大略，用兵如神"，根本没有提及他治理天下的仁政，更没有提及在经济上是否有所发展。恰如毛泽东所说，"一代天骄，成吉思汗，只识弯弓射大雕"。

蒙古人打败了蒙古人

在骑兵方阵的后边是一座颇具蒙古特色的成吉思汗博物馆。据说，从空中看下来，是一个"汗"字。博物馆里有一幅据说是世界上最长的油画，205米长，讲述从成吉思汗到黄金家族终结的205年历史。主要描述了成吉思汗（铁木真）如何在艰难困苦中成长，如何结识他的战友，如何战胜宿敌，如何统一蒙古部落，在草原上建立起一个无敌的帝国。前面很精彩，可惜虎头蛇尾，越往后看越没劲，一代不如一代。如果在博物馆中，讲到忽必烈就打住，没准更好一些。

也许成吉思汗最后悔的事情是没有给后代树立一个好的家风。蒙古帝国杀气太重，杀完了别人就杀自己。人们常说明末农民起义推翻了元朝。可是，仔细看一下明史，朱元璋投红巾军以后，他作战的对象主要是在江西和湖北的陈友谅，在江苏的张士诚，在福建的方国珍，这些也都是反抗元朝的汉人，那么，蒙古人到哪儿去了？原来，当各路起义军揭竿而起，兼并重组的时候，元朝正在内讧。

当红巾军起义时，元朝丞相脱脱带兵镇压。当时的元朝军队何等厉害！起义农民的战斗力和元朝正规军绝对不在一个水平上。元军战无不胜，红巾军伤亡惨重，几乎彻底失败。就在这个关键时刻，元朝权臣哈麻嫉妒脱脱功高，诬陷迫害，将脱脱下狱整死。脱脱手下百万元军，顿时人心涣散，军无斗志，战场形势急转直下。随后，哈麻阴谋废元顺帝，事败被杀。朝廷分裂为两半，一部分拥护皇帝，一部分拥护太子，各拥朝臣和重兵。两个元帅孛罗帖木儿和扩廓帖木儿统兵杀过来，杀过去。最后，扩廓帖木儿诛杀孛罗帖木儿，元太子又下令追杀扩廓帖木儿。元朝内斗不已，元气大损，哪里还顾得上江南？朱元璋在江南收拾了对手，锻炼了军队，派徐达和常遇春带兵北伐。这个时候，明军已经强过了蒙古军队，几战下来，元军大败。1368年，养尊处优的元顺帝一溜烟跑回漠北草原。元朝亡。

1380年和1381年朱元璋对北元发动二次远征。1387年蓝玉彻底打败了北元。忽必烈的子孙被称为黄金家族，是元朝统治的正统。他们无家可归，在草原上到处流浪。1402年，黄金家族的最后一位继承者坤帖木儿被部将鬼力赤所杀，草原部落恢复鞑靼旧称。

成吉思汗的博物馆的油画长205米，象征205年历史。其实，从铁木真在斡难河统一各部落算起，到蒙古名称的消亡，总共只有196年。如果从忽必烈即位算到元顺帝逃出北京，只有96年的历史。由极盛而迅速败亡的，恐怕只有秦王朝可以与之相比。

草原牧民的源头

草原牧歌中经常唱道："成吉思汗的子孙们。"

我很崇敬成吉思汗，却不认同这句歌词。中华民族常说自己是炎黄子孙，因为我们追根溯源，找不出比黄帝、炎帝更久远的始祖。因此，自称炎黄子孙是符合逻辑的。草原牧民的远祖是不是只能追溯到成吉思汗？

广阔的草原，水草丰美，无论政权如何更迭，总有牧民在草原上生活繁衍。在北方高原上，蒙古并不是源头。蒙古这个名词最早出现于《旧唐书》。史书上记载最早的北方草原政权是匈奴。秦汉交替，中原大乱，匈奴崛起。北部边界上战火连绵。匈奴先占上风，后来汉武帝和匈奴打了三十多年，严重削弱了匈奴的实力，天平才向汉朝倾斜。

公元前52年，匈奴分裂，呼韩邪单于投靠汉朝。公元前33年王昭君出塞和亲。汉匈和睦相处六十多年。

东汉年间，匈奴分裂为北匈奴和南匈奴。在南匈奴和汉朝合力攻击之下，北匈奴西迁，经过中亚，远奔欧洲，余部汇入鲜卑。南匈奴内迁，逐步和汉族融合。在五代十国时期，匈奴人刘渊还曾经建立了一个后汉政权。

在匈奴之后，草原牧民依旧繁衍生息，逐渐形成一些新的部落。几百年后，突厥在草原上兴起，兼并各部后势力逐渐强大，威胁隋唐北部边境。582年，突厥分裂为东西两部。唐太宗派名将李靖在630年大败东突厥，另一名将侯君集带兵穷追，西突厥一口气跑到土耳其去了。

再过两百多年，耶律阿保机统一了草原各部，916年称契丹，947年建立辽国。

百十年后，完颜阿骨打从东北起家，1113年伐辽，仅十年工夫就灭了辽，逼得耶律大石率余部跑到新疆建立了西辽。阿骨打建立金朝之后，掉头南下，把北宋打成了南宋。在岳飞、虞允文等将领奋力抗击之下，形成南北对峙。

在金朝全力和南宋争斗中原时，背后杀出来一个铁木真。1206年铁木真统一了草原各部，号称成吉思汗，蒙古才成为草原各民族的共同称呼。他死后，蒙古人先灭西夏，再平金，最后把南宋小朝廷赶下大海。中国北部高原从此得名"蒙古高原"。

在中国历史上有秦皇、汉武、唐宗、宋祖等许多英雄人物。无论他们多么伟大，我们不会将某个人物认作源头。哪怕再崇拜李世民，也没有人自称是唐太宗的子孙。寻根溯源并不意味着要否定这些人物。同样，大草原上散布着许多游牧部落。他们的祖先可以分别追溯到匈奴、鲜卑、突厥、契丹、女真等。在蒙古兴起之前，在这块土地上英雄辈出，匈奴、突厥、契丹、女真当中都有杰出的人才，耶律阿保机、完颜阿骨打就是其中非常优秀的代表。成吉思汗是这些英雄当中武功最突出的一个。无论如何，草原牧民的源头未必从成吉思汗开始。如果王昭君的子孙没有内迁的话，他们也一定生活在大草原上。与其说是成吉思汗的子孙，还不如说是王昭君的子孙，毕竟王昭君比成吉思汗早 1200 多年。

我尊崇王昭君，并不意味着贬低成吉思汗。我佩服成吉思汗的显赫武功，却更欣赏王昭君代表的和平与安详。

大召膜拜

内蒙古的庙宇大多是喇嘛庙。在呼和浩特有大召、席力图召。在蒙语中"召"就是庙的意思。

在宗教史上，大召的地位很高。在六百多年前，藏传佛教分为红教、花教、白教等许多流派，戒律松弛，内部矛盾激烈，宗喀巴在青海推进宗教改革，禁止喇嘛娶妻饮酒，建立严密的寺院组织，确定活佛转世制度。他开创了格鲁派，由于喇嘛身穿黄色袈裟而被称为黄教。

1570 年，土默特的顺义王阿拉坦汗率兵西征来到青海，会见了格鲁派领袖索南嘉措。阿拉坦汗对佛教的教义大为叹服，而索南嘉措也正希望获得外部的援助来确定黄教在藏传佛教中的统领地位，两人一拍即合。索南嘉措说："可汗与我二人，世代相会，互为法主与施主。"在僧俗两位杰出领袖的主持下，蒙古族舍弃了尚且处于初级阶段的萨满教而选择了更高层次的佛教信仰。

1577 年，阿拉坦汗率 8 万人再度来到青海的仰华寺，索南嘉措亲自为他举行盛大的灌顶入教仪式。作为回报，阿拉坦汗赠予索南嘉措一个称号"圣识一切瓦齐尔达喇达赖喇嘛"。"圣识一切"比较好懂，就是通晓一切。"瓦齐尔达喇"是佛学用语"金刚持"的意思，

"达赖"是蒙文大海的意思。索南嘉措接受了这个称号，并且向上追溯了二代，自称为达赖三世。他师父的师父是宗喀巴的二大弟子之一，被尊称为第一世达赖。实际上，索南嘉措才是达赖系统真正的创始人。从此，达赖传承一直延续下来，到如今已有十四世。

1579年阿拉坦汗回到呼和浩特，建立了内蒙古第一座喇嘛庙，就是今天的大召。上报北京，明朝万历皇帝赐名"弘慈寺"。

阿拉坦汗于1586年去世。索南嘉措跋山涉水，从拉萨赶到呼和浩特，在大召为阿拉坦汗举行隆重的超度法会。并且亲自为大召的释迦牟尼佛像开光。

两年以后（1588年），索南嘉措（达赖三世）在进京接受明朝皇帝封贡的路上，圆寂于内蒙古正蓝旗。临终留下遗言，转世灵童在阿拉坦汗家族之中。第二年，众喇嘛确认阿拉坦汗的重孙子云丹扎木苏是索南嘉措的转世灵童，称为达赖四世。他是历代达赖喇嘛中唯一的蒙古族人。

阿拉坦汗和索南嘉措的友谊是蒙古草原上的一段佳话。索南嘉措依托朋友的后人得到再生，而阿拉坦汗的血脉融进了藏传佛教，大召就是这段友谊的见证。

在大召的中心建筑银佛殿上，佛像用三万两纯银铸成，黄金贴面。两根大柱，两条金龙缠绕攀援，腾云吐雾，在接近天花板的地方，龙头高高抬起，托出了一颗在祥云烈火中的宝珠，在佛像上方构成非常壮观的拱门。在传统上，龙是皇权的象征。大召的正殿上供奉着黄金打造的"皇帝万岁"的牌位，这是当年康熙皇帝来内蒙古时留下来的。1696年，康熙皇帝亲征漠西准噶尔，班师的时候兴致勃勃，答应大召在翻修时准予使用和皇宫一样的黄色琉璃瓦和团龙瓦当。有了这个待遇之后，大召地位非凡，文官要下轿，武官要下马。在古时候，只有皇帝可以用明黄色的琉璃瓦，亲王用橙黄色的琉璃瓦。如果在寺庙中使用了黄色琉璃瓦，这家庙宇一定和皇帝有关。据说，当皇帝生病，或者遇见恶鬼缠身，老方丈登台作法，顿时成为皇上的替身，可以替皇上分担灾难。一般的老百姓或者庙宇是不可以擅自使用黄色琉璃瓦的。由于在银佛殿上供奉皇帝的牌位，大召就成了皇帝的"御庙"，从此不再迎请活佛。当地人说，康熙皇帝就是大召的活佛。

在大召正殿上，释迦牟尼端坐正中，两边是燃灯佛和弥勒佛。显然，这是按照时间来排列的竖三世。释迦牟尼管现在，燃灯佛代表过去，而弥勒佛代表未来。在大殿中还有黄教创始人宗喀巴，三世达赖喇嘛的塑像。达赖四世和五世的塑像分坐于两侧。达赖四世是蒙古族，自然应当有他的座位。在藏传佛教中最有影响力的是达赖五世，他执掌西藏大权长达65年，曾经进京朝见顺治皇帝，路过此地就住在银佛殿后面的九间楼上。他的灵塔在拉萨布达拉宫里面，堪称一绝。

距离大召百米之遥还有一座喇嘛庙，这是呼和浩特城里最精致的喇嘛庙席力图召。大召虽大，却没有活佛。席力图召虽小，却有首席大活佛。"席力图"是蒙语的发音，意思就是首席。当初，达赖三世派来一个精通蒙、藏、汉三种语言的喇嘛来担任席力图召的第一任住持，并且请他负责寻访达赖三世的转世灵童。随后，他又成为四世达赖的启蒙老师。有着这样显赫的经历，难怪人们称他是首席大活佛。目前，席力图召的活佛已经传承了十一世。他的名字叫卡尔文·扎木苏，藏族。不知道身为席力图召的首席大活佛是否必须具备这样两个条件，第一，藏族，第二，精通藏、蒙、汉三种语言？

席力图召的文物甚多，最值得一看的也许是在御碑亭中两块高达三米的康熙平定噶尔丹纪功碑。康熙皇帝西征凯旋，来到席力图召。他的文采很好，洋洋洒洒，下笔千言，记述西征的经过和他对于太平盛世的期待。如果他后面的皇帝能多刻几块这样的记功碑，什么八国联军还能进北京？

五当召的活佛

五当召的名气很大，第一，它是完全藏式喇嘛庙，其他的庙宇都在不同程度上汉化了，只有五当召保持了原汁原味。第二，它是著名的佛学研究院。

从包头出发，没多远就进入石拐矿区，在山路上拐来拐去，停在一个路口。朋友指着一块纪念碑说，要不要下来看看赵长城？

当然。

在战国时期，赵武灵王胡服骑射，把长城修到这里。可惜，目前只剩下一些遗迹。

活佛住的房子在五当召东侧。二层楼，阴暗矮小，进门就得低头弯腰。窗户不仅小，而且位置很高，房间里的照明不佳。虽然是白天，依然点着电灯。灯泡度数不大，昏昏暗暗。也许主人故意制造出这种气氛。活佛用的家具很旧，一张小饭桌，围着几张钢管折叠椅。活佛的卧室兼学习室，也就是20平方米左右，异常俭朴，几乎没有什么装饰和陈设。保留传统是要付出代价的。

图5　活佛居住的房子

活佛今年（2007年）14岁，蒙古族，据说是从几百个转世灵童中挑选出来的，颇有灵异。他坐在炕上，我按照规矩，将黄色的哈达对折，折口朝外，恭敬地双手献给活佛。他接过后，送给我一条红线。我刚要转身退出，他微微一笑，站起来，伸出手在我头上摸了一下。我恍然大悟，这就是藏传佛教中最重要的摩顶祝福，连忙道谢。按照当地人的说法，能够见到活佛就很荣耀了，如果能够得到活佛的摩顶更是荣幸。我想请教活佛几个问题，看见他又伸手给下一个来访者摩顶，只好退了出来。据说，小活佛很快就要去外地的佛学院学习五年。在未来的五年中，只有主持喇嘛，没有活佛在家。陪同人员连连说，我们今天真幸运啊。

五当召缩在一个山沟之中，完全不讲风水。山上也看不见什么树木。四周群山全是一片黄色，更显得窗框上五颜六色，色彩缤纷。在活佛住的房子后面还有不少独立的藏式建筑，那是各地来此修炼的喇嘛自费修建的。还有一些苦行僧在后面的山洞里修行。不知道在这里建造念经的房屋或者挖个山洞要不要经过城管部门的批准。

黄河通天

初到包头，我好奇地问接待人员，为什么叫包头？她支吾着说，好像是说这里的地形像个山包。我很奇怪，既然有了山包的头，那么什么地方是"包尾"？

读了一本旅游介绍，书上明白地说，包头是蒙文"包可图"的译音。包可图的意思是有鹿的地方，因此，包头又名鹿城。内蒙人对成吉思汗佩服得五体投地，许多故事都要和成吉思汗联系到一起。据说，成吉思汗来到此地，追猎一只梅花鹿，突然鹿不见了，只见一块青石板上出现鹿的图影，掀开青石板，流出脉脉泉水。于是，这里便被称为有鹿的地方——包可图。

蒙文很有意思，当地人说，一根棍，两边拧，拐两弯，是蒙文。

按照 2007 年的统计数字，内蒙古人口 2384 万，其中蒙古族有 397 万，占人口总数的 16.6%，蒙古族人口的比例并不高。可是，这是蒙古族最大的群体，蒙古国总共只有 295 万人，蒙古族人数远远赶不上内蒙古。近年来，内蒙古经济发展很快，人民的生活水平大大超过蒙古国。中蒙边境上很和谐稳定，从来没有听说有谁搞"蒙独"，有些蒙古国的姑娘嫁到内蒙古来。在蒙古草原上曾经生活过好多民族。只要让老百姓生活幸福，人们并不计较什么历史归宿、政治倾向或宗教的区别。世界上的事情本来就是你中有我，我中有你。干什么分得那么清楚。

飞机从包头起飞，刚刚抬头就越过了黄河。昨夜寒潮，岸边结了冰，黄河被镶上两道银边。飞机渐渐升高，眼前展开一幅极为壮观的画卷。黄河像条巨龙，在大地上摆开一个连一个巨大的 S 形，在朝阳映照下闪闪发光，九曲十八弯，一直通到天边。这是我站在黄河岸边无论如何也看不见的壮观。

黄河，我们的母亲河。

大河奔流，从青藏高原、内蒙河套、沃土中原，一直向东，奔流入海。从炎黄轩辕、秦汉唐宋、辽夏金元，一直到今天。

千百年前，黄河见过王昭君、成吉思汗，给我们留下许多美丽的传说。

多少年后，我们都不在了，黄河还在。黄河会告诉后人，在千禧之交，岸畔发生过什么。

尧都华门记行

二〇〇七年十月二十二日

"天下第一门"有创新,有争论,好极了。无论同意还是不同意,千万不要轻易抹掉华门的特色。只要继续争论下去,人们就不会忘掉华门。

最早的古都

"临汾在哪儿,山东吗?"听说临汾邀请我去讲学,连忙问道。

朋友笑了,"山东的叫临沂,临汾在山西。临汾靠着汾河,临沂挨着沂河。"

我不好意思:"你看,我就知道好玩的地方,连临汾在哪儿都不清楚。"

"你去过之后就知道了。临汾可是个非常好玩的地方。"朋友对临汾信心十足。

果然,去过临汾之后,我才知道自己学识浅薄,孤陋寡闻。临汾的人文景观极为丰富,讲古迹,有尧庙;讲现代,有华门;讲经典,有赵城金藏;讲戏曲,有苏三起解;儒、道、佛、三教九流,要什么有什么。就像一颗钻石,在多个侧面上反射出耀眼的光泽。

临汾位于山西西南部,4700年前尧在这里建都,也称尧都。人们都知道黄帝陵在陕西桥山,可是黄帝的都城在哪里?有人说东,有人说西,有人说在河北涿鹿县矾山镇。有人问孔子,他说不知道。由于没有文字记载,连孔夫子都说不清楚,我们就别较真了。黄帝之后就是尧、舜、禹。尧都是第一个有史料可以证明的首都。

尧之后，临汾还辉煌过好几次。战国时，临汾是韩国都城。五代十六国，后汉的刘渊在临汾建都，称平阳。算起来，临汾当过三次首都，虽说比不上西安、洛阳，可也绝对不是无名小辈。现在，临汾市所在地就叫尧都区。光"尧都"的名气就够喝一壶的。不知道什么原因，直到今天，知道临汾的人还是不多。

多灾多难，屡毁屡建

最早有关尧庙的记载见诸郦道元的《水经注》："汾水侧有尧庙。"郦道元生活在南北朝时期，于527年去世，据此推算，尧庙可能始建于西晋年间，距今已有1600多年。有古碑记载，唐高宗三年（658年）尧庙由平阳府西南迁到今天的位置，算来也有1300多年了。中华文明源远流长，博大精深，拿个古迹出来，一数就上千年。

如同其他古建筑一样，尧庙屡毁屡建，多灾多难。山西南部位于地震带，元朝大德七年（1303年）地震，明朝正统十年（1445年）地震，康熙三十四年（1695年）地震，尧庙多次遭到严重破坏，房屋倒塌，堞垣俱坏。

除了地震、水灾之外，战乱连绵，几度荡平了尧庙。咸丰三年，太平军攻打平阳，清军坚壁清野，放火烧毁城南驿站，殃及尧庙。1938年日军侵占临汾，尧庙又遭火灾。在解放战争中几度恶战临汾，晋军把尧庙当作兵营和阵地，千年古迹几乎被毁坏殆尽，剩下的只有台基和古树。

山西人特别尊重历史。一旦天下太平，马上修复尧庙。唐代、宋代的皇室都曾下诏，出钱修复、扩建尧庙。1703年康熙皇帝巡视山西，亲自修改尧庙修复方案，拨款施工。他亲笔题匾，尧殿题为"光披四表"，舜殿题"浚哲文明"，禹殿题"万世永赖"。他决定利用两侧厢房办学，左面叫"崇文会馆"，右面叫"培英义庄"。并且规定收到的学费用来资助尧庙香火开支。

新中国成立以后，尧庙得到了修缮和保护，1965年被列为山西省重点文物保护单位。1987年国家拨款重修尧庙的主体建筑。1998年，跑来个疯子，放火烧掉了尧庙的广运殿。临汾百姓提出义修尧庙的倡议，海内外华人慷慨解囊，在政府文物部门的主持下，尧庙得以恢复原貌。

地表建筑物固然非常珍贵，实际上，精华在于古迹的文化内涵。建筑不过是文化的物化载体。有什么样的文化，在现实中就有什么样的体现。近年来，各地都在大张旗鼓地修复古迹。有人对修复过程中的创新嗤之以鼻，贬为"人造古董"。总的说来，修旧如旧并没错，可是，"旧"是什么时候的旧，是清朝、明朝，还是春秋战国？古迹在漫长的岁月中不断演变。修复古迹并不是简单复古，后人修复古迹时必然反射出对自身的定位和对未来的憧憬。只要有品位，仿古建筑有何不好？过上百十来年，也就成了古迹。值得关注的是这些仿古建筑在文化传承上是否准确。

临汾在古迹改建上解放思路，突破了传统束缚，做出了非常大胆的尝试，得失成败，值得探讨研究。

尧都广场上的第一华表

出临汾城南，没走多远，汽车停在一个广场上。

南边是一群古色古香的建筑，我要走过去看看，当地的朋友说："文化商务区，几个小店，卖点古玩字画，旅游纪念品，没啥可看。"远远看去，中心展厅好像北京天坛，宝蓝色的琉璃瓦，很漂亮。众所周知，仿古建筑的施工成本高，维护成本也很高。我在北京大学中国经济研究中心上班时亲眼看见，回廊上的油漆两三年就裂纹、剥落，不得不重新漆一回。天安门城楼的红墙，每两年要刷一次。能不能采用现代涂料？能，省是省一点，不过，用了现代涂料，有点不伦不类。看着一大片琉璃瓦屋顶，我不由得担心，如果盖了这么多商业店铺，却很少顾客光顾，别说维护费用，光每天的水电和房租，找谁去啊？

一般庙宇正面只有一座门，而尧都广场北面一排三座门，分别是尧门、舜门和禹门。正中的匾上的"尧庙"二字是朱镕基所题。朱老板一般不题字，怎么到这儿破了例？

一条大道由南向北穿过广场，直达尧门。两旁是精雕细刻的汉白玉栏杆，道旁摆着象征着二十四节气的石雕。我们三五个人走在路中间，空荡得让人觉得有点别扭。在美国的华盛顿、意大利的罗马有许多广场，面积都不大。纽约最有名的时代广场，只不过是一个三岔路口。尧庙前面的广场如此之大，究竟能派上什么用处？开大会，有这么多的人吗？千万别跟我说，等临汾的人口超过百万之后，在这里举办狂欢节。猴年马月的事儿，不提也罢。

广场西部耸立着一个巨大的华表，高达21米，象征着21世纪。据说这个华表的高度中国第一。天安门前的一对华表早已被当作中华文化的象征。大连星海广场的华表，高度超过了天安门前的华表，现在临汾又超过了大连。难道还有下一座更高的华表吗？全球最高的十座摩天大厦，有七座在亚洲。亚洲人攀比着，非盖世界第一高楼不可。好像有了摩天大厦就意味着有钱，有面子，有地位，完全不考虑在经济上是否合算。在华表高度上竞争，究竟是个什么心态？

华表的基座是9600平方米的中国立体地形图。构思确实不错，凸凹起伏，有黄河、长江，有青藏高原，内蒙古高原。朋友邀请我站在台湾岛上照张相。迄今为止，大陆同胞去台湾旅游还受到许多限制，既然如此，站在地图上逛逛宝岛，聊胜于无。

华表旁边有堵高墙，顶上装饰着城垛，长达百米，墙上密密麻麻刻着1566个姓，号称"千家姓纪念壁"。中央刻写"华夏子孙，同根共祖"八个大字。可惜，路过的人不少，停下来看的人寥寥无几。中国姓氏上千，其中一些小姓的人数并不多。百分之九十以上的人

图1 "天下第一华表",旁边高墙上刻着千家姓

被包括在前20个姓当中。张、王、李等大姓的人数接近或者超过一亿,而小姓恐怕只有几百人。大姓超过小姓十几万倍,如果按照人数多少决定字体大小,那么,有的字比房子还大,有的字要拿放大镜才看得见。有人得意地宣称,这面墙也是世界第一。不知道有没有申请吉尼斯世界纪录?对于吉尼斯纪录,历来褒贬不一。有的挑战人类极限,具有积极意义。有的纯粹是闹着玩,有的简直是吃饱了撑得慌,毫无价值。如果在围墙上顺便刻几个字玩玩,另当别论。如果专门修面墙来刻千家姓,画蛇添足。

脚踏实地的尧庙

从尧庙宫门口开始,在中轴线上铺了条260米长的甬道。中间的石雕,游龙戏凤,祥云彩虹,非常精致。

仪门是座高大的牌楼,正中书道"文明始祖"。通常,人们把公元前2697年当作黄帝纪元元年。其实,从黄帝到尧之间的传承和时间都很难考证,说不清楚。司马迁对历史的详细记述从尧开始,前面的不过是当作民间传说,一带而过。尊称尧帝"文明始祖"并不为过。

走进仪门，正面是座三檐歇山顶的光天阁，俗称五凤楼。"光天"的意思是歌颂尧"德政光天下之明"，"五凤"表示五凤合鸣，象征君臣团结，天下大治。孔子说："惟天为大，惟尧则之，帝王之德莫盛于尧。"司马迁说："（尧帝）其仁如天，其知如神，就之如日，望之如云。"历史上对尧、舜、禹的评价都非常高，可是记载下来的具体业绩却非常少。有些记载让人莫名其妙。《史记》中说："尧立七十年得舜，二十年而老，尧辟位二十八年而崩。"也就是说，尧执政90年，退位之后还活了28年。假定尧20岁上台，加在一起，他的岁数超过130岁。就算当时没有环境污染，没有毒奶粉，人的寿命能有这么长？

广运楼是尧庙的主体建筑。高27米，宽9间，进深5间，符合帝王九五之尊的说法。大殿中间是尧帝的铜像，周围站着四个大臣，四岳掌管祭祀，后稷管耕稼，羲和管天文气象，皋陶主管法律。从《史记》上看，黄帝有赫赫战功，先胜炎帝，后平蚩尤，统一各部落；尧好像没有打过什么仗，他制定法律，发明历法，划分节气，奖励农耕，制定度量衡，发展贸易，他的主要贡献是建立制度，为以后

图2　广运殿前有口尧井，饮水思源

发展生产力打下良好的基础。

在广运殿前有口井,寓意鲜明,饮水不忘挖井人。井台用一块巨石雕刻而成,井口处红白花纹交错,很漂亮。据说原来井口之上还有个亭子,重修时拆了。举起相机拍照的时候立刻感觉到,还是拆了好。否则,就把广运殿给遮住了。建筑布局,绝对不是越挤越好。要疏密协调,恰到好处。

广运殿的左右两侧成"品"字形排布着虞舜殿和大禹殿。殿中塑像描述舜耕历山,大禹治水的典故。当时连皇帝都要亲自耕种,尧、舜、禹,这个头儿当得实在不容易。闹水灾时,大禹身先士卒,奋战在水利工地上,三过家门而不入,堪称特等劳动模范。在尧庙中祭祀的是非常现实的老祖宗,完全不同于那些虚无缥缈的神仙鬼怪。从这个角度来讲,尧庙脚踏实地,确实值得推崇。

图3　舜帝躬耕历山,是农业生产劳动模范

尧庙的总体布局四平八稳,中规中矩。两侧分别是尧典壁廊和尧字壁廊,长有300米左右。尧典壁廊上镶嵌几百块碑,刻着"尧典"、"舜典"、"尚书图说"等典籍。古文艰涩,即使来些历史系的研究生,不知道有几个人能站着读完一半?尧字壁廊上刻了上千个尧字。不懂书法的人看了也是白看。

临汾人喜欢天下第一。在尧庙的鼓楼中有面天下第一的大鼓，直径 3.11 米。1999 年襄汾红跃鼓厂花一年时间才造了出来，据说已经申请了吉尼斯世界纪录。我仔细琢磨了半天，居然找不到鼓面上牛皮的接缝。真行，上哪儿找这么大的牛皮？

为什么康熙要撤除汤王庙

尧庙的格局随历史而不断演化发展。唐代的主殿叫"文思殿"，祭祀尧帝，附属建筑有老君洞、玉皇阁等。

到了明代，来了一个山西监察御史周伦，他认为将太上老君、玉皇和尧帝放在一起不合祀典经义，于是将老君庙改为舜庙，将德盛洞改为禹庙，玉皇阁改为执中阁，形成了三圣并祠的格局。在尧庙内还修了商汤庙。尧、舜、禹之后是夏朝，400 年后商汤起兵革命，推翻了夏桀，建立商朝。周伦的逻辑很清楚，在尧、舜、禹之后，承前启后，下一个圣人是商汤。

可是，过了 200 年，康熙皇帝否定了周伦的观点。他认为汤并非通过禅让取得政权，和尧、舜、禹有原则上的区别，因此不应当进入尧庙。他来临汾，一声令下，把汤王庙改成万岁行宫。

康熙撤除汤王庙的理由十分堂皇：只有禅让的才是圣人。其实，禅让无非两种：主动和被动。被动的禅让实际上就是亡国，比如汉献帝禅让给曹丕，唐哀帝禅让给朱温。刀架在脖子上，不让也得让。即使让了，也不一定让你活下去。大部分被迫禅让的君主很快就死于非命。历史上主动禅让的不多，宋徽宗禅让给宋钦宗是因为他不务正业。乾隆皇帝禅让给自己的儿子，躲在乾清宫里以太上皇的名义操纵朝政，只能算做戏。物以稀为贵，康熙特别欣赏尧、舜的禅让，你想，把整个天下都让给别人，多高尚啊！

其实，在华丽的外衣里面，未必都是璀璨的珠宝。

禅让是私人之间的转让。如果转让的是私有财产也就罢了，如果转让的是属于全民的公共资产，或者是管理公共事务的权力，那么私相授受就有问题。权力是民众委托的，当政者未必拥有转让的资格。

禅让的对立面是死死抓住权力不放，两相比较，禅让似乎更文明一点。可是，禅让挑选接班人的过程并不规范，全凭个人的喜好和判断，缺乏有效的监督。能否选到合格的接班人，存在着很大的不确定因素。由于禅让缺乏有效的制度设计，很快就被血统继承制所取代。但是，这未必是终结禅让的原因。

说到底，权力的来源有三种：打来的，选来的和继承来的。打来的和选出来的叫作原始权力，继承来的叫作衍生权力。第一种，"枪杆子里面出政权"，老子打下来的江山，老子当家，天经地义。不过，政权更迭要经过拼死厮杀，血流成河，成本太高。第二种是选举。权力转移的成本比武斗低，结果由选民的多数来决定。然而，选举的规则是在漫长的历史过程中逐渐形成的。可以说，禅让是选举的最初形式。它的缺点很明显：不是由选民投票而是由执政者挑选接班人。尧、舜就是这样。有人说他们是民主的先驱者，这一点似乎还值得推敲，姑且不谈。

为什么尧和舜能够禅让，而到了禹之后就转向了血统继承制？

血统继承的优点非常突出：交易成本很低，规则很清楚。无须考察能力和品德，也无须群众评议，完全取决于生物学的基本规则。不管是愚是贤，生下来的第一个儿子继承。血统继承的核心是把政权当作私有财产来处理，父子相传。即使规则如此简单，仍然挡不住血雨腥风的争夺。玄武之变，斧声烛影，父子屠戮，兄弟相残，数不胜数。

为什么尧、舜能禅让，而后人做不到？简单地指责"人心不古，世风日下"是不够的。恐怕不是不争，而是没有东西好争。尧建都平阳，舜建都蒲坂，禹定都安邑，这三个地方彼此相距200里左右。人们不禁要问，舜、禹接班之后，为什么不在国都的宫殿里上班，老搬家干什么？思来想去，很可能根本就没有什么像样的国都或宫殿存在。

在原始社会末期，首领是从氏族会议中推选出来的，由各个部落的首领推选出一个盟主。他们仍然以各自的部落为基础，谁当如集人，国都就设在谁的部落。从尧到舜，由舜到禹，所谓的禅让，很可能只是转移部落联盟召集人的功能，并没有涉及私有财产的转移。由于生产力低下，可支配的剩余价值极为有限。作为一国之君，并没有很多的个人利益，反而要承担许多公共责任。在这样的情况下，担任所谓的"帝"，更多的是尽一份责任，很少回报。搞清楚这一点，我们才能够理解，为什么当时请谁当国君，谁都不干，推来让去。即使上任了，干一段时间之后，就迫不及待地禅让给别人。

大禹治水之后，社会生产力大大提高，私有财产逐渐积累起来，权力影响着对财产的占有和控制。担任一国之君，不仅意味着义务，还意味着对财产的占有权和分配权。于是，禅让制度自然会被代表着产权私有的血统传承所取代。

康熙是个绝顶聪明的人，和所有封建帝王一样，他把"家天下"看得比什么都重要。他口头上尊崇尧、舜禅让，实际上是否定商汤革命。康熙心里很明白，禅让是虚的，说说而已。只要他这个皇帝不禅让，你就一点办法都没有。但是，以下犯上的造反、革命却万万不能宽容。康熙当了61年皇帝，干到死也没有禅让。实际上，就是血统继承他也没处理好。他的太子立了废，废了立，不停地折腾。康熙之死，雍正即位，至今还谜团重重，争论不休。倒是他的孙子乾隆干了60年皇帝之后禅让给了嘉庆。后人往往注意到康乾盛世，却忽视了那个时期严格的思想钳制。康熙、雍正、乾隆屡兴文字狱，镇压思想异端。康熙撤除汤王庙，推崇禅让是虚，禁锢思想，推行"家天下"是实。

对于历史人物，我们不仅要听他们怎么说，更重要的是看他们怎么做。

充满争议的华门

无论站在尧都广场的哪个方位,抬头就看见西面突兀耸立一座巨大的门。坐西朝东,气势磅礴,毫无悬念地垄断了人们的注意力。我见过许多城门,在北京、西安、台北,等等,还有新近遭遇火灾的韩国首尔的景福门。平心而论,东方的这些城门都赶不上法国巴黎的凯旋门。当年,拿破仑为了庆祝胜利,盖了个凯旋门,其规模远远超过了恺撒在罗马的凯旋门。可是,只要看见了临汾的华门,其他城门,统统不在话下。刚开始,我有几分遗憾,这样高大雄伟的华门理应修到北京、上海、大连、深圳,让老外一进国门就受到震撼。转念一想,何必张扬,修在尧都,韬光养晦,自有道理。

华门,华夏文明之门。三门并立,象征尧舜禹。门高五十米,象征上下五千年。五十六个台阶象征五十六个民族。两侧五十六个各族石雕头像,如果不是下面有文字说明,我连一半都认不出来。华门比巴黎的凯旋门还高,堪称世界第一门。

图4 "天下第一门"

我为华门折服,连忙问当地的朋友,设计者是谁?朋友说,宿青平,当时是尧都区的区长。他毕业于山西大学哲学系,是个自学成才的设计师。华门的许多雕塑来自于他的构思。除此之外,他还很有文采，在尧庙和华门中好多对联出自于他手。

在华门一楼的展览厅中有施工时的照片。朋友指着一个相貌平常、穿着工作衣、戴着安全帽的人说："这个就是宿青平。"

另外一个朋友补充："他是个有争议的人物。"据说，华门完工不久他就被撤职、调走了。

我点头："肯定有争议。连我都想会会他，和他争上一争。"

在中国官员中，宿青平是个异类。他锋芒毕露，无论是对还是错，你都不能忽视。他是一个区长，论官衔，七品芝麻官；论学位，没有博士、硕士；论资产，没有万贯家财，他不老老实实当官发财，却给我们留下了这么精彩的一座华门，同时也留下许多值得争辩和思考的话题。

踏进华门，从一楼看到五楼，我不断地感受到挑战。一方面佩服宿青平的胆量和魄力。另一方面，说实在的，我对他的许多观点不敢苟同。

华门的城门半开半闭，红色大门高 18 米。两侧有一副巨大的楹联，

中华渊源，五十六族，水长山高，同根九州地。

国门盛开，二十一朝，文韬武略，共祖五千年。

点明华门主题，不错。

正厅上高悬铜铸的"天下第一联"，长 10 米，宽 1.8 米，500 字。无论从字数还是从匾额的尺寸，我都相信，这副楹联这么长，肯定是天下第一，空前绝后。可是，没看完就连连摇头。宿君提出要用五百字写中华文明五千年，想法固然不错，可是，他有没有想过，五百字对联，有几个人能看完？对联挂在大门两旁，必须言简意赅，不能太长。如果让客人在门前站半天，这叫哪门子待客之道？如果今后有人要写什么八百字、千字长联，肯定有病。还不如写篇论文，回家自己慢慢欣赏吧。

一楼大厅，八条金龙沿着八根大柱蜿蜒而上，柱高 14 米。大厅

彩石铺地，抛光之后亮如明镜。龙柱和穹顶水晶灯的倒影交错在一起，极为壮观。飞龙无角无爪，质朴奇特，柔若流云，颇有新意。大厅中央，一座大鼎，"镇门之宝"，古朴庄重，形态奇特。大鼎之上还有八个小鼎，九鼎连环，四周刻满八卦和龙凤。寓意九九归一，一言九鼎。前所未见，又是一项创新。

  大厅的墙上用各种字体镌刻着历史上唐、宋、元、明、清等各个朝代，汉、满、蒙、回、藏等各个民族，河北、山东、山西等各省各市，长江、黄河等各大河流的名称，独树一帜，构思极为巧妙。星级酒店、会展中心的大厅设计是个大学问，雷同之处越来越多。如果把华门的设计委托给北京、上海的设计院，还会有这么多亮点吗？

  华门二楼，中华智慧大厅。四周墙壁模仿博古书架，分别标志着中华百部史学名著、中华百部文学名著、中华百部哲学名著和中华百部科技名著。雍容典雅，构思很好。仔细一看，马上发现一个难题，要在史学、哲学、科技、文学上选出一百部名著，谈何容易？如果召集各个学科的专家开会，讨论几年也未必能得出结论。这么重大的课题在华门中轻易定论，是否有点儿戏？再说，何必非选一百部名著，你喜欢谁，就把他的书名列上，再补充一句，还有许多名著，鉴于空间有限，恕不一一列出。耍个滑头就过去了，干嘛非激化矛盾，得罪那么多人？

  在这层楼上有四扇门，分别是思想、史鉴、智慧和博艺。在思想之门两旁有副对联："自古皆尊孔和孟，至今难辨假与真。"恕我无知，看不太懂。孔孟学说，取其精华，弃其糟粕，与时俱进，不知何为真假？

  乾坤大厅四角分别陈列着四位一组的塑像，有四大盛世名君、四大艺术大师、四大民族英雄、四大外交先驱，等等，人物形象生动，威风凛凛，好看得很。不过，问题也来了，凭什么标准挑选"四大"？四大外交先驱有张骞、鉴真、玄奘和郑和，还说得过去。在四大民族英雄中有岳飞、戚继光、林则徐和王昭君。把王昭君列为民族英雄，我还是第一次听说。

在中华大厅中有四组铜像，每组七人。

第一组是根祖信仰，有神农、女娲等，这组好说，即使叫不出名字也不要紧，反正都是老祖宗。

第二组是思想信仰，有孔子、孟子、墨子、老子、庄子等，都是做学问的，谁入选，谁不入选，也好商量。

第三组是神灵信仰，有玉皇大帝、妈祖、送子娘娘、龙王、财神，还有人们熟悉的关公。天下神灵数不清，各有各的粉丝。有些人没见到自己崇拜的对象恐怕会不高兴。

在哲学上早就有三教同源的说法。华门有组宗教信仰塑像，如来佛、观音、弥勒佛、太上老君等喜气洋洋，携手并肩，结伴而来。请这些神佛同场聚会，前所未闻，到华门才大开眼界。

华门三层为演艺厅，展示中华古代文化。墙上装饰着甲骨文、铭文、百寿图、百福图，博古架上陈列陶器、玉器、瓷器，还有古钱币，一直到京剧脸谱，艳丽斑驳，光怪陆离。还是那个感觉，五彩缤纷，好看，却抓不住设计者的思维脉络。曾经有家餐馆打出广告"天下第一自助餐"，同时提供一百个菜。开业初期，红红火火，没多久就关门倒闭了。面对一长串的选择，人们反而不知道该吃什么了。反倒是那些专营川菜、淮扬菜等特定菜系的饭店生意兴隆，长盛不衰。宿君在设计华门时，是不是想请我们吃顿提供百道菜的自助餐？

贵宾室里布置着高档红木家具，还有音乐茶座，餐饮服务。主人诚恳地邀请我下次在这里讲课。我连连道谢，心里却想，如何消受得起？在这样豪华的地方坐下来，还不心猿意马，魂不守舍？

华门的顶层有门祖阁，再往上还有飞愿阁。可惜，临汾地区污染比较严重，天空灰蒙蒙的，否则登高远望，临汾风物尽揽眼底，何等快事！

门祖阁的对联很有意思：

　　开开闭闭一瞬间，

　　进进出出五千年。

对联就要这样言之有物，生动有趣，切忌平淡枯燥，过度冗长。记得在洪洞广胜寺的大雄宝殿之前，悬挂一副楹联：

　　果有因，因有果，有果有因，种甚因结甚果。

　　心即佛，佛即心，即心即佛，欲求佛先求心。

上联说的是因果关系。种瓜得瓜，种豆得豆。下联更为奥妙，佛祖就在心头坐，求佛不如求自己。这副对联比华门"天下第一联"好多了。

宿青平和他的同事们辛辛苦苦修筑华门，在气势恢弘的外观下在各个方面挑战传统，挑战权威，甚至挑战每一个来访者。显然，华门引起的争论将持续下去，而且永远不会得出定论。华门有创新，有争论，好极了。无论同意还是不同意，千万不要轻易抹掉华门的特色。只要继续争论下去，人们就不会忘掉华门。

创新的代价

朋友介绍，宿青平担任尧都区长期间下决心发展临汾旅游，提出要建设一座超过法国凯旋门的华夏之门。他咨询了北京、上海的一些设计院，人家一开口，设计费就要几百万。他手里没钱，逼出一个穷办法，和山西的一些朋友自行设计。由于他们初出茅庐，没有框框，因此在华门设计中有许多地方突破了传统理念，大幅度创新。他们很快就拿出一些方案。从中挑了一个就开始施工，边建边修改。宿青平如痴如狂，每天早晨四五点就跑到工地，事无巨细，现场解决。艰苦奋斗三年，在华门建好之后，宿青平在一片骂声中黯然去职。

有没有该骂的地方，有，而且很多。我一面参观华门，一面在肚子里嘀咕，怎么会这样？横挑鼻子竖挑眼，可以修改的地方实在太多了。尧庙广场也是宿青平指挥修的，难怪有那么多引起争议的地方。

是什么原因带来了这样的结果？难道宿青平自己不知道这么干会得罪许多人，给自己惹下了一大堆的麻烦？

修华门本身就是对旧观念的挑战，肯定会引起一片喧哗。不过，对某些批评我却很不赞同。

有人说，修建华门没啥用，太浪费了。文化景观并不等于经济效益。乐山大佛、敦煌石窟有啥用？如今铺张浪费的地方实在太多了，一年之内公费吃喝几千亿元，那才是真正的浪费。华门可以更省一点，也可以修得更好一点，无论如何，华门必将成为临汾的地标性建筑。从长远来看，与其莫名其妙地浪费，还不如多修几座华门。

据说，建造华门用了好几千万元，山西省和临汾市政府并没有专门修建华门的立项，也没有专项拨款。政府预算只占其中很小一部分，大部分资金来自于社会捐助。也就是说，没花多少纳税人的钱。华门刚开工，资金链就断了。宿青平迫不得已，亲自向当地的民营企业募捐。企业家看到父母官三天两头来化缘，纷纷解囊。有的企业家对传统文化很有兴趣，有的企业家对文化一窍不通。有兴趣的人暂且不表，没兴趣的企业家背后还能不骂娘？好在，骂什么的都有，唯独没有人骂宿青平中饱私囊。在贪污腐败盛行的日子里能做到这一点很不容易。当年海通和尚募款修乐山大佛，一分钱都不用在自己身上，非如此怎么能筹得巨款？

有人批评在华门的设计中宿青平突出自己，给自己树碑立传。天下第一联是他命题的，九鼎连环是他设计的，处处突出个人，分明是搞个人英雄主义，为自己捞取资本。我听了之后哑然失笑。如果不是宿青平设计的，是谁就署谁的名。如果是他设计的，不署他的名，署谁？天天说要尊重知识产权，怎么到临汾就变味了？在知识创新上，无论成败都由作者负责，不能有了过失骂作者，有了成绩就要归功于领导或组织。如果看宿青平修华门不顺眼，你也修一个？

套用那句老话，我与宿青平素昧平生，不赞成宿青平的许多观点，却坚决捍卫他敢于创新的精神和实践。当前，许多政府官员浑浑噩噩，无所作为，却官运亨通。宿青平是个难得的实干家。没有他的狂，也就没有华门。在改革开放过程中，像他这样的官员，越多越好。宿青平当不当官，无所谓。撤职事小，如果扼杀创新精神就很危险了。既然是创新，就应当允许成功，也允许失败。期望完美，也准备接受遗憾。看到华门有点不如意的地方就大惊小怪，好像天要塌下来一样。即使创新有一百个缺点，也比碌碌无为强一万倍。

善待华门，善待敢于创新的先驱者，就是在培育开拓进取的思想作风。当初晋商开创票号，就是创新。别人不敢干的事情，晋商干。结果，平遥票号汇通四海，名扬天下。票号开创之初还不是有种种缺点，要找毛病，肯定可以找出一大堆。由于山西人没有扼杀刚出生的票号，以后才有富甲天下的晋商。虽然华门的创新和当年的平遥票号不是一回事，不过，人们可以从中看出山西人敢于创新的传统。前人说过，思想的美妙之处在于可以重复使用而不会折旧。有创新精神就可以举一反三，将创新推广到各个经济领域。

直到明代，中国的经济发展仍然在世界前列，之所以被别人超越，最终沦为半殖民地，受尽帝国主义欺负，就是因为在封建王朝压制下，思想禁锢，提倡奴才哲学，唯唯诺诺，不敢为天下先。华门对传统文化提出挑战，一石激起千层浪。请天下有识之士来临汾，一边旅游，一边争论，各抒己见，取长补短，多好！有异议，太正常了，有争论，才有发展。

如果不是宿青平留下了这么多争论，留下了华门，我怎么会逢人必说，临汾是个很好玩的地方。

如有机会，一定要去看看尧庙，看看"天下第一门"。

桃花岛记行

二〇〇八年五月十七日

桃花岛荟萃佛、道、侠,充满神奇色彩。

2008年5月17日,北京大学中国经济研究中心金融班邀请我去浙江舟山讲课,讲完课后,东道主非常热情,派了一艘游艇,送我们几位老师去桃花岛。

虽然从面积上来讲,桃花岛在舟山群岛中排名第七,但是名气仅次于普陀山。桃花岛荟萃佛、道、侠,充满神奇色彩。

登上桃花岛,乘车沿着山路盘旋而上,翻过一个山坡,白雀寺现身于一片葱郁的竹林中。导游小陈说:"这是当年观世音出家修行的地方。"

在《红楼梦》第五十回里有一则谜语,"观音未有家世传,打四书中的一句话",聪明绝顶的林黛玉猜到了答案:"虽善无征。"意思是说,虽然非常好,却不一定有什么准确的出处。曹雪芹早就告诉我们,用不着去考证观音菩萨的来历。

其实,观音的原型来自于印度,早先是个英俊的男子汉,嘴角上还有两撇小胡子。在《华严经》中记载善财童子"见岩谷林中金刚石上,有勇猛丈夫观自在,与诸大菩萨说法"。观自在就是观世音。"勇猛丈夫"是男性,毋庸置疑。《悲华经》说他是转轮王的王子,还有的经书说他是威德王的王子。说法不一,总之,在南北朝之前,观音展示的是男性的形象,在敦煌莫高窟的壁画中,许多观音像都是伟岸潇洒的男子汉。在南北朝后期，才逐渐出现了女性观音的形象，到了唐朝，女人的地位空前绝后。观音在传入中国400年之后摇身一变，成了雍容华贵的女神。

　　华夏文明的一大特色就是史学文化，从司马迁开始，连朝廷都要设立史官，将历史事件一五一十地记载下来。人们非常重视自己的家传族谱，民间家谱之完整、详尽堪称世界一绝。观音既然已经变成了老百姓最喜爱的尊神，那么一定要给她也序上族谱。不知道是从什么时候开始，街头坊间开始流传，原来观音是汉家女儿，而且还是皇家公主。有一个妙庄王，他有三个女儿，妙因、妙缘和妙善。妙善出家修道。当妙庄王得重病，危在旦夕之际，妙善断手剜眼，救了老爸。她的孝心感动了上苍，一下子长出了千手千眼，变成了观音菩萨。故事非常婉转动人，观音的形象也生动活泼，这就足够了，至于是妙庄王究竟是哪朝哪代，国土何在，谁都不知道。

　　导游小陈介绍观音在舟山桃花岛出家，那么，妙庄王的国都必定距此不远。这也许是一个新的考证线索。

　　同行的平老师认真地问："有什么根据吗？"

　　小陈更认真地回答："当然有根据，有电视剧为证。"

　　大家笑了起来。80后的年轻人思维逻辑往往超脱人们的预料。

　　小陈领着我们沿着悬崖绝壁的木梯，一直下到水边。惊涛拍岸，卷起一朵朵浪花。她指着一道巨大的裂缝说："这里面是含羞观音。"

　　她说，观音在白雀寺出家之后，妙庄王舍不得，派人反复劝说，观音不肯改变主意。妙庄王派来的大臣悄悄吩咐白雀寺的住持，派观音每天挑水，让她知难而退。大热天挑水，累得观音一身是汗，于是，她跑到这里来洗澡。远远看见有人过来就急忙躲进了石溽。我们望进去，似乎并没有什么，小陈说："你看，那块有点白的石头，那不是一个女孩，双手抱胸？"

　　我看了又看，还是没有看清楚。

　　小陈撇了一下嘴："好笨，这还看不见吗？"

同行朋友们齐说，是的，是的，看见了。我只好笑一笑，胡乱点点头。

小陈又指着一块海中的巨石说："你们看，这就是偷看观音洗澡的人，被老天罚为海龟。背上都被砍烂了，头还抬着。"

从上往下看，这回真的看清楚了，确实像只大海龟。不过，从角度和距离来判断，无论如何海龟也看不到含羞观音。没有人去请教小导游，说不定她还会根据电视剧给你编出什么故事来。

岛上的安期峰是舟山群岛最高峰。安期生是非常著名的得道仙人。相传秦始皇扫平群雄，安期生为了避祸，隐居桃花岛，修道炼丹。《汉书·都祀志》中说："安期生，仙者，通蓬莱中，合则见之，不合则隐。"也就是说，他高兴了就见人，不高兴了，谁都不见。

《史记·乐毅传》记载，有人向安期生求长生之道，他说："仙道不远，近到诸身，无思无为，不吐不纳。"显然，安期生的哲学是老庄的清静无为。凡是神仙都有法宝，安期生的宝贝是大枣。据《贾氏说林》记载，他的大枣，"煮之三日始熟，香闻十里，可使死者生，病者起，健康之人食之，则可白日飞升"。汉武帝派方士入海求仙，就是想问安期生讨几颗大枣。

安期峰，海拔540米，舟山群岛第一高峰。遍山奇岩怪石，瀑布竹林，山光水色，交相辉映。古人诗云："空余炼药鼎，尚有樵人知。"如今，为了保护环境，居民用上了液化气，砍柴的人早就没有了，故事新编却越来越多。人们在山脚下修了不少楼堂馆所，在高峰上建了七级宝塔，按照自己的意愿重新塑造安期生。

山上有一座六角形钟亭，上悬横匾"安期钟声"，两柱楹联对仗工整："云山云水云涛云海天，仙人仙山仙洞仙境界。"亭内悬一口巨大的铜钟。撞钟之声穿透云雾，荡漾于东海万顷碧波之上。海上渔民仰望安期峰，认定这里是世外桃源、海上仙山。其实，对于神仙，无所谓有，无所谓无。信则有，不信则无。让大自然美景融合进文化色彩，也许正是东方文化的一大特色。

图1 道教仙境安期峰

除了佛教的观音、道教的安期生之外,桃花岛之所以出名,在很大程度上拜金庸的《射雕英雄传》和《神雕侠侣》所赐。在金庸笔下,桃花岛是东邪黄药师的地盘。他有个聪明美丽的女儿黄蓉,女婿是大侠郭靖。于是,顺理成章,在桃花岛上出现了药师精舍、靖哥居、蓉儿茶庄等。山寨大门上高悬金庸亲笔所题"桃花寨"三个大字。两侧楹联"桃花影里飞神剑,碧海潮生吹玉箫"。奇岩壁立,再加上绿树丛中的杏黄旗、红灯笼,气势果然不凡。

桃花岛上植被茂密,山路两旁的树上开着淡黄小花,散发出阵阵清香。

"这是桂花吗?"

导游小陈回答:"不是。等秋天桂花开时,那才叫香呢!"

她指着一块巨石说:"桃花岛上没桃花,桃花开在石头上。"在岛上有一种桃花石,是远古留下来的化石。上面的花纹,仔细打量,果然惟妙惟肖,酷似桃花。

"摸一摸,就交桃花运。"小陈鼓动大家。

俗话说交桃花运指的是将要遇见心仪的女孩子。众人不论男女都伸手前去摸上一把,无形之中就把桃花运的定义给扩展了。至于花甲老人也伸手摸一摸，什么意思？没有什么意思，既然来此一游，不摸白不摸。

黄药师山庄位于一条峡谷中，一道道石坝将山泉汇成一级级池塘，清溪曲桥，幽静雅致，来到这里，不是神仙也占了几分仙气。同行友人感叹："好个神仙世界！难怪黄药师在这里练功。"随后，他赶紧补充说明："有电视剧为证。"

众人大笑，连导游小陈也笑了起来。

五月舟山，风和日丽，气候宜人。可是在山路爬上爬下，不免汗流浃背。走进黄药师山庄的凉亭，只见一堆好大的西瓜。这等诱惑难以抵抗。卖西瓜的人拿准了游客的心理，论个卖。不管你吃得了还是吃不了，要买就是完整的一个。也许岛上的渔民认为，吃个西瓜有甚难处？一挺脖子就下去了。可是，对于一般游客来说，肯定吃不了。凉亭中坐着几位游客，招呼我吃西瓜。我连忙道谢："我们人多，也开一个吧。"几个人刚把半个西瓜吃下去，就没有了战斗力，不见新的游客上来，不由得几分为难。倒是小陈干脆："怕什么，我替你们提着就是了。"

有了西瓜解暑，凉亭旁的黄蓉茶馆生意冷清了许多。大热天，除非黄蓉当灶，茶叶再好也竞争不过西瓜。

图 2　黄药师的山寨

小陈问大家，去不去射雕英雄城？同行的人打趣说："想去，那里有好多古迹。"

这回小陈不上当了，她笑道："没有古迹，都是前两年拍电视剧新修的，我都看见了他们修的过程，还算什么古迹？"

其实，世界上原本就无所谓古迹与否，只要修得好，有艺术价值，再过上几十年，几百年不就成了古迹？可惜，多数的影视基地都舍不得花钱，临时用胶合板搭个棚子，一看就是假的，倒胃口。这样的景观不看也罢。

午餐时间到了。小陈说："有两个选择，一个是在大排档吃，一个是回到镇上。镇上吃贵一些，但是比较卫生。"她说，要吃大排档，就要去沈家门的海鲜大排档，又卫生又新鲜，物美价廉。让她这么一说，大家自然选择去镇里就餐。

汽车在一家饭店前停了下来。招牌上四个大字"东邪饭店"。我对小陈说："这家店主姓黄。"

小陈奇怪地说："你怎么知道？"

"东邪黄药师，他家的饭店岂不姓黄？"

大家一笑。

快艇离岸，望着在浪花中渐渐远去的桃花岛，感叹不已。一部武侠小说能产生这样大的影响力，不能不说是金庸先生巨大的成功。至于说黄药师、黄蓉是否存在，射雕英雄的故事是否真实都不重要。

假作真时真亦假。